每个人的一生，
都有一段独自穿越的旅程。
这本书将带你走过坎坷之路，
终抵群星。

这世界上即使看来像回头的事，也都是面对着完成的。我们可以转身，但是不必回头。即使有一天，你发现自己走错了，你也应该转身，大步朝着对的方向去，而不是回头怨自己错了。

为什么每个年轻人都要漂泊,都梦想做异乡人,都觉得孤独是一种酷,这是不是一种天生的冲力?

最大的冒险，是不敢冒险。

在前进时要知道自制,免得只能进而不能退;后退时则要知道自保,使得退却重整之后,能再向前行!

愈经过困顿、压抑、伤痛、艰险的人，愈在心底积存一种特殊的"气"。那可能是仇恨，也可能是"不信自己不能出头"的愤懑。这种仇恨与愤懑，往往能造就伟大的"气度"。

# 唯奋斗者得功名

刘墉散文精选

[美] 刘墉 著

代 序
# 攀上心中的巅峰

在多年前的一个颁奖典礼上,一位影星在得奖致辞时说,他父亲生前一直反对他放弃大学的学业。而今,拿到了这个奖,总算可以告慰父亲在天之灵,也证明自己的选择没有错,又说他很高兴,终于达到一生追求的目标。

不知为什么,我常想起这一幕,想他说的话是对还是错。

无可否认,那确实是个很大的奖。他一辈子都可以用那个奖展示曾经拥有的光荣。

只是,当他走下台,那光荣也就真成了"曾经拥有的"。他如果不努力,追求更高的成就,那既有的光荣,又算得了什么?

记得我以前教过的一个学生,在辛辛苦苦出国,终于得到他梦想的博士学位时,打电话对我说,他回到寝室、脱下博士服、放下博士文凭,去洗碗、洗衣服。

"我突然发觉这一天,跟以往的日子没什么不同。"他说,"反而觉得明天面对的挑战更大了。"

也记得美国影星乔治·斯科特(George C. Scott),在拿到奥斯卡奖却没去领奖时，对记者说："我得奖之前和之后，都是原来的我。"

接着，他去寻求另一个演艺生涯的突破。

但是，当我今天回头找那位证明自己没有错的男演员时，却已经在影坛见不到他的踪迹，据说他还因为酗酒和吸毒进了戒毒所。

提到酗酒、吸毒，我们可以数数，有多少成名的演员、作家、歌星，甚至政界的人物，在创造人生的巅峰之后，都用毒品和酒精麻醉自己。原因可能是他们无法再突破，又无法承受那么沉重的名誉负担。

怪不得，有人说诺贝尔奖对许多作家是"死亡之吻"。既然得到诺贝尔奖的肯定，许多人就被压得难以再创作。连川端康成在得奖之后都说："声誉也很容易成为才能枯竭凝滞的根源……我希望从所有名誉中摆脱出来，让我自由。"

对于像川端康成那样在很大年岁才获奖的作家而言，一个大奖，使他有终于达到人生目标的放松感，也决定在"最美的一刻"隐退，还能令人谅解。

但是，如果年纪轻轻，只因为一个奖的肯定，就认为整个人生的脚步可以停止，则值得我们深思了。

我见过许多学生，在参加高考之前拼命地念书，然后在考取之后拼命地玩。

我也见到许多父母，在孩子未上大学之前严禁夜归，金榜题名之后又突然解禁。

碰到这样的情况，我都会劝那些年轻人："你人生到此，就满足了吗？这点儿成功，算什么？"

当然一些父母也有他们的想法。记得我参加哈佛大学一个毕业生的家长为孩子举行的毕业酒会时，那著名的富豪举着一杯一百美金的酒，对宾客说："我今天真高兴，因为从现在起，他应该落到了地面，自己走他的路了。"

然后，那孩子只身到纽约，租了一小间公寓，自己打天下。

他的父母不再像过去二十三年那样呵护他，他也没要求父母"供应"。

他果然自己走自己的路。

对！哈佛的文凭算什么？英国贵族的身份算什么？从今天起，你不努力，就什么也不是！

在纽约圣若望大学教了十多年的书，给我印象最深的，却是没亲自教过的一位中国台湾篮球名将——马莉娜。

过去总在电视上看到她矫健的身影，听说她的"大名"，似乎球一到她手上，就会进。

但是，突然，她到了美国，从不太通英文，而必须补习，到跟上大学部的进度，名列前茅地毕业，且继续深造，拿到企管硕士。我觉得她没让过去的"光荣"成为后来的压力，反而把打球的毅力化为读书的毅力。

她的前二十年，成功了。她的后二十年，也一定会成功。

什么叫作"成功"？得一块奥运金牌？得一项奥斯卡奖？还是得到一张名校的文凭？

这些都是成功，也都是"一时"的成功。

有什么成功是永远的呢？只有前二十年成功，后二十年成功，甚至再过二十年还成功，才称得上真正成功。

人生就像登山，有些人登到顶峰，自认为再也无法突破，于是从山巅跃下；有些人回头，循着原来的路，一步步走下去。也有些人，抬头远眺，看看有没有其他可以征服的山头，然后，走下这座山，攀向那座山。

别愁这世上已经没有更高的山让你去攀登。

山在你的心里，每个明天，都是另一座山！

# 目录 / Contents

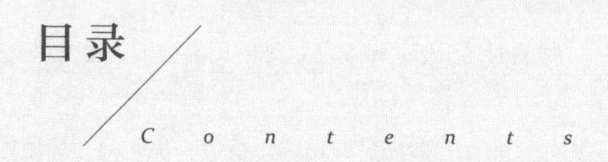

## 第一章 Chapter 1 当意外撞上你,直面它

关于**侥幸**·船到桥头未必直 002

关于**忧患**·人无近忧,必有远虑 005

关于**理智**·在生死之间选择 010

关于**应变**·面对抢匪 014

关于**做主**·你的头在哪里 017

关于**体谅**·当大家脸色不好的时候 022

关于**心态**·平常心,心常平 027

## 第二章 当拖延拖住你,甩开它

关于睡觉・打赢每天的第一仗　034

关于缓急・焦躁就是浪费时间　040

关于拖延・掌握时间的骨牌　044

关于作弊・心里有鬼的时候　052

关于竞争・不能及时成功就是失败　057

关于逃避・迎向战斗　061

关于负向・凡事都往好处想　065

## 第三章 当重担压向你,接受它

关于冲劲・台面都上不了,怎么成功　072

关于专注・你为什么不关手机　078

关于紧张・在压力下茁壮成长　083

关于智商・天才与白痴　087

关于安排・如果只剩七天生命　092

关于空间・超越空间的藩篱　097

关于时间・事半可以功倍　103

关于临场・人生因记忆而充实　107

## 第四章 当岔路干扰你，跟心走

关于**自主** · 你是否能成为另一个比尔·盖茨　114

关于**规矩** · 虽然你喜欢，但是不可以　121

关于**取舍** · 谁能样样拿第一　126

关于**偏废** · 何必当个工作狂　131

关于**接纳** · 别把自己锁在门内　137

关于**补救** · 错也是对　144

关于**原则** · 据理力争　148

关于**退路** · 预留退路　153

## 第五章 当困难缠着你，干掉它

关于**自重** · 问问你自己　158

关于**武断** · 你怎么知道人家早下班了　162

关于**专业** · 不是玩票　167

关于**计划** · 坚持做你自己　170

关于**方法** · 一开始，就不让它错　175

关于**风格** · 建立独特风格　179

关于**创造** · 给我一张白纸　182

关于**经验** · 多抓几把豆子　186

## 第六章 当别人拿"第一",恭喜他

关于怨恨·这世界公平吗 192

关于旁观·不必在乎 196

关于教训·愈烧愈发 200

关于遗憾·人生何必重新来过 205

关于急躁·不焦躁,不回头 211

关于变通·你能不能睡柴房 217

关于坚忍·反败为胜 222

## 第七章 当PASS卡属于你,握紧它

关于定位·成功始于定位 230

关于缺憾·不完美的完美 236

关于茫然·失重的感觉 242

关于独立·自己去成长,自己去成功 246

关于初心·打一把人生的钥匙 251

关于气场·经过淬炼的宝剑 258

关于压力·看吧!我终于办到了 263

在我们的生命中，常常必须面对残酷的选择，在那一瞬间，你只能选择一个，不能两边都选；两害相权取其轻，你必须用理智克服感情，才能存活下来。所以我说，你可以"吓"，但是不能"吓一大跳"！

第一章

## 当意外撞上你，
# 直面它

*Chapter 1*

THROUGH ADVERSITY
TO THE STARS

关于侥幸
# 船到桥头未必直

"人生路，不用愁，船到桥头自然直。"你会不会常这么想，且认为这是乐天的表现呢？

在我小学时的记忆中，有一个邻座的同学，总在考完试时给我威胁。

"太简单了！太简单了！"他才交卷，就会得意地喊。

一听他喊，我便冷了半截。因为我十次考试，总有九次觉得不如意。

问题是，过几天，当考卷发回来的时候，他的成绩八成比他估算的低许多，我的则相反——比我自己算的高。

\*

四十多年来，不知为什么，我常想到他，也总在社会上见到像他这样的人时，而益发想到他。

我想：这种人是乐天派，凡事都往好处想，应该比较快乐。不像我，事事往坏处想，总是临深履薄。

不过当我到了美国，却发现传说中的乐天派老美，竟跟我差不多，他们也凡事往坏处想——我的智齿长歪了，牙医说这是大牙，他不敢拔，介绍我去找专拔大牙的医生。我原以为这拔牙专家必定生得孔武有力，可以狠狠一钳子，就把我的"祸根"除去。

没想到，他居然先照X光，再用电钻，把我的大牙从中间切成三份，仿佛成了三颗牙，才一颗颗拔起。

"你为什么不一次拔起来呢？"我事后问他。

"因为你的大牙有三个牙根，如果断一根在里面，就麻烦了。虽然可能性很小，但为了保险……"他回答。

*

当我去看歌剧，打开那演职员表，就更有意思了。除了所有工作人员，上面还常包括后备演员的名字、照片和介绍。好像已经算准，原来的演员会生病似的。

连帕瓦罗蒂这样伟大的歌唱家，在麦迪逊广场演唱新曲子时，都带着歌谱上场。

歌谱放在眼前的架子上，他可以从头到尾完全不看，却不能不带。

＊

各位年轻的朋友，你知道我为什么说这些故事吗？

那是因为我发现，现在许多子女在父母的呵护下成长，由于凡事不必操心而顺顺利利，于是以为这个世界真会"事事如意"。

更可怕的，是因此产生侥幸的想法——

"作弊，没问题，不会被看到的！""衣服，不必带，不会突然变冷的。""粮食，不必存，老天会保佑。""这几段，不用读，应该不会考。""地图，不用看，摸摸就到了。""红灯，冲过去，不会被抓的。""不合格，混过去，不会被发现的。"

"人生路，不用愁，船到桥头自然直。"你会不会常这么想，且认为这是乐天的表现呢？

你的"乐天"，是不是成了鸵鸟，只把头藏进沙土，就以为敌人看不见？

你会不会乐天地以为，什么事都该照你想的发生？

我说这些故事，不是要你变得畏首畏尾，而是希望你能凡事考虑周详，才更有成功的把握。

### 关于忧患
# 人无近忧，必有远虑

爬什么山，最好都有迷路的准备。

我们常说"人无远虑，必有近忧"。其实这句话也可以改成："人无近忧，必有远虑。"好比爬山，当你攀在悬崖上的时候，一失手就可能粉身碎骨。那危险是"近忧"，你不能想别的事，只能全神贯注，应付眼前的困难。

可是当你爬到悬崖上面，如果面对的是一大片平原，反而可能开始犹豫，到底往哪个方向去比较好？

同样的道理，当一个未开发国家连让人民吃饱都是问题的时候，政府不可能想得太远，因为他们先得把眼前的问题解决。而那些已经很富裕的国家，政府则可能想得非常非常远，不但邻国的武力太强，他们会紧张，连远在地球另一边的国家，如果拥有能威胁他们的武力，他们也会想尽办法早早化解。他们甚至会为千百年之后着想，花大把的银子，早早就去找宇宙中可能适合人类居住的星球，想有天，如果地球出了问题，他们的子子孙孙还能有逃难的地方。

这不都是因为他们没太多的近忧，所以有远虑吗？

*

我们要了解所谓先进国家的人，就要从这个角度去想。你会发现他们不太在口头上抱怨，譬如搭飞机，安全检查很严格，一般西方旅客是不会抱怨的，他们安安静静地排队，因为他们会往正面想："严格，是为了使乘客安全一点儿。"

可是，当他们想"安全一点儿"的时候，不是又从负面想了吗？他们想到的是可能有恐怖分子，可能危险，所以需要严格的检查。这就是他们的特质，在同一时间往正反两个不一样的方向思考。

*

再举个例子。

我有一次在纽约参加社区公园的活动。前几天都是万里晴空，气象预报也说当天是个好天。可是我发现在活动场地的一个角落，堆了很多帐篷，就问主办人，这么好的天气，何必准备帐篷呢？

他说："以防万一啊！如果下雨，马上就能支起来。"他还指指不远处坐着的几个人，说："瞧！那是帐篷公司的，他们随时待命。"

我问问价钱，吓一跳，恐怕占他办活动的费用的五分之一。也可以说，那些富裕国家的人"人无近忧，必有远虑"，他们有多余的钱，所以能做"看来几乎不必要的"退一步想。俗话说"有钱人的命值钱"，大概也是这个道理。只是如果真出了事，他们的损失确实可能比较小。

\*

再举个例子，自从美国人发现石棉会引发肺癌之后，立刻叫民众把家里所有的石棉材料拆掉，更甭说石棉瓦了，只要听说哪个建筑有石棉瓦，好像失了火似的，里面的人立刻全部撤离。

直到这两年，还总有新闻报道，某个学校发现建筑里用了石棉，立刻停课，把师生安置到别的地方。

每次看到这种新闻，我都会想：奇怪了！我小时候家里的厨房、浴室，都用石棉瓦。连十年前在中国台北打网球，那网球场的顶子好像也是石棉的。石棉真有这么可怕吗？还是美国人吃饱了撑的，神经过度紧张？

＊

但是大家也别怪美国人。要知道，连我们的孔老夫子都总做退一步想。东汉王充的《论衡》里记载：鲁国的城门已经老旧将朽，有一天孔子经过那城门，匆匆忙忙地走，唯恐城门会倒的样子。下面的人就说了："哎呀！那城门早就这样了。"意思是："哪会那么巧，就压到您孔老先生，您未免太紧张了吧！"

你猜孔子怎么说？

他说："我也怕这城门早就这样了，搞不好，突然垮掉！"

所以孔子有句名言："君子有不幸而无有幸，小人有幸而无不幸。"意思是君子有忧患意识，唯恐发生不幸，所以总退一步想；小人又太理想化，认为不幸的事不会那么巧落到自己头上。

孔子还说："君子居易以俟命，小人行险以侥幸。"说白一点儿，就是君子以谨慎恭敬的态度面对人生，小人则比较爱投机行险。

由此可知，孔子也是战战兢兢，有忧患意识的。

＊

我说这些是觉得今天中国已经进步非常大，大家似乎也应该常常做退一步想。

举个例子，如果你今天去旅行，听说到下一站的路因为前一晚下大雨有塌方的可能。你可以学学西方旅行团的做法，先试着保留这一站的旅馆房间，于是当别人遇上路不通，不得不退回来，找不到地方住的时候，你却因为保留了预订房，有退路。

同样的道理，当你听说汶川特大地震中很多学校垮了，就算你住的地方很少有地震，是不是也该退一步想，如果自己孩子学校的建筑老旧，又一时不能新建，是不是能想办法去集合大家的智力和财力，把目前的校舍加固？难道我们要像孔子批评的，心想反正灾难降临到我身上的可能性很小，犯不着花这么大的心思，直到有一天真出了事才后悔吗？

这篇文章开始，我提到爬山。现在又让我想到年轻时候参加登山队，有一次领队在山路上遇到每个岔路，都排列石头或折树枝做记号。我起先不解，说我们是由山的这边上，那边下去，又不走回头路，何必浪费时间。

当时领队一笑，说："对已经熟悉的路，做进一步打算，对不熟的路，要做退一步打算，爬什么山，最好都有迷路的准备。"

人生不就像登山吗？

**关 于 理 智**

# 在生死之间选择

你可以"吓",但是不能"吓一大跳"。

今天你在弹琴的时候,从门外飞进一只大苍蝇,在几间屋子里飞来飞去,每当苍蝇飞到你附近,就听见你惊声尖叫。

"我怕嘛!我就是会被吓到嘛!"当我怨你大惊小怪的时候,你喊。

"你当然会被吓到。"我说,"可是你要控制自己,不要被吓一大跳,因为'吓'不危险,真正危险的是'一大跳'!"

但你还是不断惊叫,直到我把苍蝇打死,才重新练琴。

*

孩子,你知道哥哥小时候也有个毛病吗?

他很怕痒,只要稍稍抓他一下,他就会痒得像你今天一样哇哇大叫。

但是你有没有发现，哥哥现在一点儿都不怕痒了。你知道那是你妈妈训练的吗？

因为哥哥小时候，有一次妈妈去学校，看见一群孩子在楼梯上打打闹闹，你哈我一下，我哈你一下，大家躲来躲去，随时可能滚下楼梯，真是太危险了。

所以妈妈从那天开始就训练哥哥，每天哈他痒，又命令他要忍着。没想到，训练他一阵，他真不怕痒了。

哥哥不是真不痒，而是因为他懂得控制自己，不做出过度反应。"过度反应"常常会出大乱子。

\*

我刚来美国的时候，有个朋友就爱做出过度反应，他开车，遇到路上任何一个小坑洞，都会闪过去，他说如果不躲开，一震一震的，车子容易坏。

但是他的车子比谁的都坏得快，而且不但车子坏，他还总出车祸。

道理很简单——他过度反应。他固然闪躲了一些小坑洞，却因为分心，忽略了路上其他的车子，所以好几次跟别的车子擦撞，差点儿送了命。

过度反应，最大的害处就是让人分心。你看看，电视新闻是不是常报道，车子因为避开小动物造成大车祸？每次在高速公路上，看见有小动物的尸体，被压成血淋淋、薄薄的一片，你骂那些驾驶人残忍的时候，我不是也告诉你，有一天你开车，如果发现有小动物躺在路当中，而车子正飞快行进的时候，也只能选择直直开上去吗？

在那紧要关头，你必须知道选择，用理智告诉自己，控制自己的情感反应，你要知道当你紧急刹车的时候，很可能造成连环车祸，许多人都会因此丧生。

*

记得我十六七岁的时候，常爬山。有一次，到乌来的深山，下起倾盆大雨，我走过架在一道小瀑布上的独木桥，突然顺着瀑布冲下一条大蛇，"嗖"一声，就缠在我脚前的独木桥上。

天哪！你想想，那有多可怕！如果是你，会不会吓得从桥上摔下去？

问题是，桥下是几十米深的山涧，如果我不控制自己，而在当时做出过度反应，今天就没有你了。

所以我虽然怕蛇，但是在那一瞬间，硬是强迫自己镇定下来，然后趁蛇还没完全清醒，一脚，把它踢了下去。

说到这儿,我要问你,如果今天是你爬山遇险,你只抓住山边一棵小树,就能不坠落,但是小树上缠了一条蛇,你抓,还是不抓?

你当然抓,对不对?

那么我再问你,如果今天发生大地震,我被倒下的东西压到,我知道你不可能帮得上忙,而对你喊"快跑!快跑"的时候,你是留下来陪我一起死,还是听我的话,立刻往外跑?

*

我举这样的例子或许太残酷了。但是,孩子!在我们的生命中,常常必须面对残酷的选择,在那一瞬间,你只能选择一个,不能两边都选;两害相权取其轻,你必须用理智克服感情,才能存活下来。如同我在"当你遇见大野狼"那封信里对你说的,当你不幸落入坏人手里,遭遇强暴,为了保命,你首先应该放弃无用的抵抗,唯其如此,你才有求救和讨回公道的可能。

听了这么多,你懂了吗?

我为什么说,你可以"吓",但是不能"吓一大跳"?

关于应变
# 面对抢匪

> 那空手搏老虎和毫无依靠而渡河的人,这种人的死,是毫无意义的。

当你今天对我说,班上有个同学已经在街上被人抢了五次时,我并没有对他遭抢这件事感到吃惊,倒讶异于他不曾受到一点儿伤害。

因为抢匪在动手时,往往先给对方一个下马威,使他失去反抗力。匪徒能够毫不动粗,抢了就走,必然由于他的瘦小,以及回应模式的恰当。

或许你要说,面对暴徒,居然还要讲究"回应模式",是多么没出息的消极做法。但你也要知道,这消极的回应,却是使你免于伤害,进而能将暴徒绳之以法的积极态度。

*

正因为如此,以打击犯罪为职责的纽约市警察局竟然公布过一份资料，教市民在四下无援的情况下，如何面对被抢，甚至如何面对非礼的暴徒。譬如：男人应立即敞开外套衣襟，露出上衣口袋，"请"抢匪过来拿钱或自己取出钱交给抢匪。但千万不能在不先敞开外套衣襟的情况下，伸手到兜里拿钱，以免对方误认为你在掏枪，而先将你撂倒。至于女人，最好自己将钱取出，而不可让对方动手，以免进一步引起暴徒劫色的非分之想。

他们更建议，当妇女遇到强暴时，可以将手指放进喉头，导致呕吐，甚至脱尿、脱粪，使对方看到恶心的东西，而失去"性趣"。

警方更叮嘱，受害者应该做出受害者的样子，不要表现得十分潇洒，更不可说"要拿吗？全都给你"这种蔑视的话，否则会挨揍。因为即使是强盗，也有自尊，他是抢，不是被施舍。

最重要的是，你必须记住他的特征，清点自己损失的财物，并立即报警！

\*

请不要认为我在教你当懦夫。因为我要让你知道，如何在这个鱼龙混杂的社会中生存。我要你在无可避免、毫无反抗力的情况下，放弃年轻人的血气之勇，而留得青山，开拓未来。

孔子曾说："暴虎冯河，死而无悔者，吾不与也！"意思是他并不赞同那空手搏老虎和毫无依靠而渡河的人，这种人的死，是毫无意义的。

　　人生就是如此，我们既要有迎向光明、成功的胸怀，也要有面对厄运、挫折的能耐；像韩信少年时从市井流氓的胯下爬过，勾践在被俘时尝夫差的粪便，反而是大勇的表现。

　　你要记住，只知刚的人，难免被折断；只知柔的人，到头来终是懦夫；只有那刚柔并济，认清方向，且在布满荆棘的人生道路上以最恰当的模式应对的人，才可能是最后的成功者！

关于做主
# 你的头在哪里

自己的决定，自己负责，是天经地义的事！

每次回来，我都会为女儿买几件衣服。但是最近这次，我经过童装店时，想了又想，没买。

到家，女儿找我要新衣服。

我手一摊，对她说："老爸没买，因为不知道你喜欢什么衣服。你已经六岁，有了自己的看法，所以不如改天我带你去服装店，由你自己挑！"

\*

隔日，我就带她去买衣服。她先不敢挑，非要我帮忙，经过再三鼓励，才终于下手。

她居然挑了几件我平常想都不可能想到的衣服。问题是，她自己挑的，她特别爱穿，穿在身上怎么看都不对，却也怎样看都对。

我发觉,真正的"创意"和"突破",往往是这样来的。如果我们希望下一代比上一代强,就要给他们空间,给他们自由,让他们做主。

*

记得我以前在美国一所大学教的国画班上,有个美术系的学生,起初上课非常认真,一板一眼照我规定的去做。但是当他学会了国画的基本笔法,就不再临摹,而东一笔西一笔地乱涂。

我当时很为他惋惜,觉得他如果照传统方法苦练,一定能成为很好的国画家。

几年之后,我接到他开画展的请帖,走进会场,才发觉自己错了。

他对了!因为他把中国画的技巧融入了他的绘画当中。那确实不再是国画,而是"他"的画!

就艺术创作而言,什么能比表现自己的独特风格更重要呢?

*

从那天开始,我常想:中国式的教育,在严格的管束下,是不是忽略了孩子自己的感觉?尤其是今天,孩子少,都宠得像宝。

"你该喝水了！免得流汗太多，上火。"

"你该吃水果了，免得便秘！"

"你该吃这个菜，少吃那个菜，因为这个菜比较有营养！"

"你该脱一件衣服了！天热了！"

"你应该换厚被了，天凉了！"

"你该念书了，是不是后天要考试？"

想想看，有多少父母不是这样叮嘱孩子？问题是，孩子也是人，他难道不知冷、不知饿，不晓得穿衣、吃饭？十几年这样"伺候"下来，那天生的本能，只怕反而变得迟钝了！

我们一方面用无微不至、不让孩子操心的方法去带他，一方面又希望他能成为独立思考、有为有守的人。这样的教育，能成功吗？

\*

更严重的问题是，被这样带大的孩子已经失去"做主"的能力，遇到问题，他不自己面对、解决，却退到父母的身后，等"大人"帮忙。

连在大学都可以看到许多"大孩子"，在比他矮一个头的老妈的带领下注册。

跟这样的"男生"或"女生"谈恋爱，你能放心吗？你能确定他说出的话代表他自己，他做的"允诺"必然会实现吗？

基于这个原因，我在儿子还很小的时候就制造机会，要他做主。

他要买电脑，我教他自己看资料、打电话，讨价还价。碰到问题，我要他自己打免费咨询专线，一项项跟人讨论。

有时候，他来问我，我甚至故意装傻："对不起！老爸不懂！你自己看着办，自己决定吧！"

我也早早为他办了信用卡和银行账户，存了一笔不算少的钱进去，然后对他说："如果我发现你乱花，以后就别指望我给你更多钱。相反地，如果我发现你很懂理财，则可能以后把大笔的钱交给你管！"

我发现，他愈获得尊重，愈会自重。尤其重要的是，他学会了自负盈亏，也学会了负责。

\*

当我念研究所时，有位教授说得好："研究所教你做学问的方法，但不教你思考。思考，是你自己的事。"

我觉得这何必等研究所教？当孩子小的时候，我们就应该教他。至少我们可以教他怎么思考，而不直接帮他作答。

每个人有他自己的看法，是独立的人，凭什么要求人人的答案一样呢？只要他思考的方法正确，看法不偏激，又经过他自己的反复辩证，就应该被尊重。

自己的决定，自己负责，是天经地义的事！就算他错了，失败了，也是他自己的失败，必须由他自己汲取教训。他有他的世界，要面对他的战斗，再强的父母也不可能保护子女一辈子啊！你愈希望他禁得起打击，愈要教他早早用自己的脚去站立。

直到今天，我的儿子已经大学毕业，我还常对他说那句老话：

"这是你的事，老爸不懂。我也有我要忙的，你的头在哪里？还是你自己决定吧！"

关于体谅
# 当大家脸色不好的时候

> 我说这些，是要你知道，每个人都有他隐藏的情绪。

今天晚上我们看了一部哈里森·福特早期的电影《意外的人生》(Regarding Henry)。他在片子里饰演一个纽约的名律师，心思细密、词锋锐利，能够在陪审团面前侃侃而谈，把明明会输的官司都打赢；他不但在法庭上凶悍，连对十二岁的女儿都不放松，他把孩子送进严格的寄宿学校，挑剔孩子的一举一动，连孩子打翻一杯果汁都要被他当作犯罪嫌疑人来审讯。而且在训完话之后得意地说：

"看！我赢了！"

但是，片子里哈里森的运气不好。有一天晚上他去买烟，遇上抢匪，被打了两枪，一枪打在前额，造成他身体瘫痪；另一枪更严重，因为打中腋下的大血管，造成大出血，脑缺氧……

在医院醒来，他什么都不记得了。不能说话、不能行动，甚至连妻女都不认识。

他得一切从头开始，学说话、学步、学识字、学认人。他真是"重新做人"，连个性都改了，成为一个"新人"。

当他能够重新阅读，看到自己以前的档案时，他惊住了："为什么我以前把重要的证物藏起来，昧着良心，打赢官司？"

他居然偷偷把证物送给"苦主"，使"苦主"能够平反。

然后，他辞去了过去热爱的律师工作。

*

看完电影，我问你："这部电影里你印象最深刻的是什么？"

"是那个律师生病回家之后，女儿打翻了果汁，他不但不生气，还说：'那有什么关系？每个人都会犯错。'接着开玩笑地把他自己的杯子也推倒。"你说。

"对！我也觉得那最有意思。"

"好奇怪！他生病之后全变了。"你又歪着头说，"要是以前，他一定会把女儿骂死。"

"是啊！"我一笑，"所以有时候你觉得爸爸妈妈脾气大，要想想，说不定那只是一时的情绪。所幸我和妈咪的脾气多半的时候都很好，对不对？"

"对！"

*

我们的情绪确实多半都很好，但是我必须承认每个人都有情绪高潮与低潮的时候，那是无法避免的，可能像片中的律师，因为工作压力太大而脾气不好，也可能因为身体太累而情绪不佳。

记不记得上上个礼拜，我们一家去花圃买花，回来时我问妈妈要不要换哥哥开车，妈妈说不必了。然后我对哥哥说："你妈不舒服，换你开。"

哥哥不信，问妈妈是不是不舒服，妈妈摇头说"没有"。

可是当我坚持，要妈妈在路边停车，换你哥哥开之后，你妈妈终于承认她的头好疼。

记不记得哥哥当时不高兴地问妈妈为什么不早说，又很奇怪地问我："你怎么知道妈妈不舒服？"

"因为她在花园时脾气有点儿急，所以我急着往回赶。"

还有，前几天郑医生请客，吃到最后一道鱼肴，我说鱼太好了，要你无论如何吃一点儿，然后给你夹的时候，妈妈阻止我说："她吃饱了，就别勉强她了。"

那时候我就知道妈妈一定胃痛，因为她的脾气急了。

果然，才回家，妈妈就抱着肚子，躺在床上。

*

不但妈妈如此，我也常有情绪不佳的时候。

记得妈妈有一次跟你哥哥打电话，对他说："你爸爸最近总提到你，他一对你放心不下，我就知道他的老毛病又犯了。"

你说奇怪不奇怪，当我操心哥哥的时候，你妈妈反而回头来操心我。

问题是，她说得一点儿没错，我确实在身体不好和情绪低落的时候会特别操心你哥哥。

*

我说这些，是要你知道，每个人都有他隐藏的情绪。当你关心一个人的时候，不但不能对他失常的行为不高兴，反而要帮他想：他是不是身体不舒服，是不是遭遇了什么事？他今天对我这么不好，是不是因为他考试考砸了？他今天这么凶，是不是因为在家里挨了骂？

当你这么想的时候，你非但不会怪他，还会去同情他、安慰他。这比你去怪罪他、责难他，使他雪上加霜，不是好太多了吗？

　　孩子！人是很奇怪的动物——耳朵不好的人，常对你说话特别大声；眼睛不好的人，常怪你的字写得太小；遭遇堵车的人常脾气急；饥饿的人常火气大；健忘的老人常多疑；疲困的小孩常爱哭。

　　所以每当父母的脾气急、公公的脸色坏、婆婆的声音大、老师的情绪低、同学的礼貌差的时候，都想想我今天对你说的。

　　你一定能像个小太阳，从那些乌云的背后，露出你的笑脸了！

关于心态
# 平常心，心常平

只有平常就努力、平常就警醒的人，才有资格谈"平常心"。

"后天就要生物科会考了，我好紧张。"晚餐时你皱着眉说。

"要有平常心。"我先简简单单地说，又加了一句，"我和你妈妈就有平常心，所以明明知道你要会考了，也不多问你，怕你因为我们问而更紧张，也更没有平常心。"

"什么叫平常心？我不懂。"你说。

好！我就用平常心跟你谈谈平常心吧！

\*

平常心，正如它的字面意思，是"平常有的心"，是"平常的心情"。举个例子，你平常早餐都吃一个鸡蛋、一块面包，晚上都睡七个小时；考试的时候，也像平常一样睡七小时，早晨吃一个鸡蛋、一块面包，就是有平常心。

至于没有平常心的人，可能碰上考试只睡五个小时，早上为了增加体力，多吃一个蛋、一块面包，还多喝杯果汁、吃根香蕉，到了考场，又灌下一瓶浓缩鸡汤。结果，你猜怎么样？

因为他的生活方式跟平常不一样，睡得少，本来新陈代谢已经不好，又吃太多东西，不习惯，反而可能在考场胃痛。

*

我就曾经在参加大专联考的时候，因为没有平常心而呕吐；我也曾经因为没有平常心，在上电视主持特别节目的那天，脸上长了两个大疱。

为什么？

因为考试之前，我为了补充体力，特意买了几瓶保健饮料，那种饮料的主要营养成分是氨基酸，我不适合。至于主持节目那天长大疱，则因为我在前一天晚上照镜子，看到几个粉刺，挤又没挤好，造成发炎。

我平常总挤痘子，很少发炎，为什么偏偏那天出问题呢？

很简单，因为没有平常心——

平常我要挤就挤，反正第二天没什么大事，挤坏了也没关系；

可是那一天既想挤又不敢挤,生怕挤不好,结果因为不敢用力挤,反而没挤干净,造成第二天发炎。

*

所以我说,要有平常心,你平常习惯怎样,考试前保持那样,就不会出问题。

我甚至建议你完全照平常的时间上床,即使早准备好了,也别因为想多睡几个小时而提早睡觉,因为太多人得到过这样的教训,就是碰上第二天有大事,早早上床,既不困,心情又紧张,反而造成失眠。

妈妈在晚餐时也说过——学生时代,她大考前不洗头,考试那天不穿新衣服、新鞋子。

我在学生时代跟她一样,那也是一种保持平常心的表现。因为当你在服装上面放太多的注意力,或是穿了自己不习惯的衣服、鞋子,剪了不习惯的发型,造成分心或临时出了情况,反而会影响考试。

举个例子,我小时候有一次参加台北市的演讲比赛,特意在那天穿了新衣服、新皮鞋,就差点儿出问题。

因为弯腰系鞋带,裤裆就咔嚓,裂了。等缝好裤子,匆匆出门,又发现那双皮鞋因为是新的,硬,磨脚,走一步痛一下,造成我连上台都一拐一拐的。

你说,那不平常的心,不是弄巧成拙吗?

*

经过大半辈子,我觉得愈是碰上不平常的事,愈要有平常心。

所以,在做胆囊切除手术的前一天,我跟平常一样写文章、看书、看电视剧,跟平常一样在固定时间上床;我每次出差前,也必定跟平常一样在固定时间睡觉、起床、打球。

我见太多了!许多人在出门旅行前赶着安排未完的公事,上飞机前一夜,先赴应酬,大吃大喝,又装行李装到深夜,结果还没出门,已经扭伤了腰,上飞机之后又开始泻肚子,加上出门之前休息不够,没几天就感冒了。

或许你要说,出门前的事情当然要安排好,行李也当然要装。

*

对!这正是我强调的。

愈是将要面对不平常的情况,你愈应该早早安排,把那不平常的负担用前面充裕的时间分散。

如同考试，你想有平常心，就应该早早准备；你想出门之前表现得从容，就应该早早去规划，甚至两三天前已经收拾好行囊；你想穿新衣服上台，则应当早早就把衣服试穿一遍，甚至穿上鞋子里外走走，看看步子跨不跨得开，脚又会不会踩到裙角。

"平常心"要以"平常"来准备，而非临时抱佛脚。

"平常心"也是"心常平"，让你的心总保持在平静的状态，才能以不变应万变。所以，只有平常就努力、平常就警醒的人，才有资格谈"平常心"。

你也有设置贪睡闹钟的习惯吗？想想，对自己几个小时之前的决定尚且妥协的人，还可能对长远的理想坚持到底吗？所以，人不能对自己妥协。

第二章

当拖延拖住你，
**甩开它** *Chapter 2*

THROUGH ADVERSITY
TO THE STARS

### 关于睡觉

# 打赢每天的第一仗

一天开始的第一仗就输了,怎么得了!

由于昨天睡得太少,你今天吃完晚饭,说要先去躺一下,再准备后天的考试。可是当我晚上九点叫你起床的时候,你却用被子蒙着头说:

"干脆睡到明天早上再起来念书,反正明天放温书假!"

你祖母也觉得有理,在一旁附和。可是当我问你明天早上打算几点起床时,你答:

"六点!"

"那么你算算,一共睡了多少小时?是十一个钟头啊!后天要考三科,你能这样大睡吗?此外,你明天打算几点钟上床?如果照惯例拖到深夜两点,那是二十个小时,你可能连续读二十个钟头的书,仍保持高效率?戴隐形眼镜的眼睛又受得了吗?"

你蒙着被子想了想，跳起来。

*

是什么改变了你的初衷？是清醒之后的分析、判断！

当你睡得迷迷糊糊的时候，不可能有明确的判断。甚至你会发现，在早上起不来时，原先的斗志都会消失，你很可能对自己说："哎呀！这个计划太麻烦，何必呢？算了！改天再说吧！"

许多不错的计划，都是这样被放弃的！许多可以改变一生的机遇，就这样被错过！

最近我看了一篇医学报道，说那些患忧郁症的人睡大觉之后，常会变得更严重。相反，当他们睡得少，病情则往往会减轻。

报道中没有分析原因，但我相信那些人患忧郁症最大的原因，是不敢面对现实。而睡大觉，使他们离现实更远。

*

中国北方有句俗语："好吃不过饺子，舒服不过倒着。"意思是好吃的东西，没有超过饺子的；舒服的事，没有比得上睡大觉的。睡梦提供给我们另外一个世界，一个在现实无法满足，在那里却能实现的世界，所以做梦有缓解精神紧张的作用。

问题是，当我们在梦中神游太虚时，身体还在这个世界，太虚毕竟不是现实。因此，当我们由美梦中醒来，发现"事与愿违"是最痛苦的，有时竟如同借酒浇愁，酒醒后的头痛一般。

记得我翻译过的那本《死后的世界》(Life After Life)，原作者瑞蒙•模第在序言中说过这么一段话：

"其实死亡与睡觉有什么不同？都是对这个世界失去了感觉！唯一的不同，是睡觉还有醒来的时候，这醒来是多么可爱！"

每次当我从无限美好的梦境回到艰困的现实世界而万分痛苦时，都会用这段话来安慰自己。

你母亲一位同事的儿媳妇，在车祸后陷入昏迷而被送进波士顿的一所昏迷中心(Coma Center)，她的丈夫甚至辞了工作，带着两岁的幼女，住在医院旁边，每天领着孩子到床前唤妻子、喊妈妈。他们祈求的是什么？

是奇迹！

什么奇迹？

醒过来！

当你想到死亡，想到那些昏迷的人，就会发现，这世上竟没有什么能比醒过来这件事，更来得可喜！

＊

醒，并不那么单纯，这也就是为什么有"清醒"这个词的原因。醒而不清，或醒而不起，甚至再沉入梦中，常是使我们判断失误，或错过时间的最大原因。

我从半夜醒来，用微波炉为你妹妹热牛奶的经验中发现，半清醒和清醒对时间的判断，居然也有极大的差异。

白天我为她热牛奶时，总是看着微波炉上的数字，暗暗在心里计算，久而久之，竟然不看数字也能算得差不多。也就是默念三十秒时，微波炉的显示屏也正好跳到三十秒。

但是当我半夜被你妹妹哭吵醒，睡意模糊地为她热牛奶时，却发现微波炉上的时间跳得奇快，我才算到十八秒，微波炉已经响了起来。

是微波炉上的时间快了吗？

不！是我慢了！

慢的人，在感觉上会认为这个世界变得很快。

慢的人，他的时间变得比别人的少。

同样的时间，对一个人，在感觉上居然能有不同的速度，更何况对不同的人了。我惊讶地体悟出这个道理！也由此了解为什么想贪睡一下的人，往往发现那"一下"竟使他"大大地"延误。

\*

这世上居然真有许多设有贪睡装置的闹钟，当它响起时，你只要按一下"贪睡钮"，它就延后十分钟再响，届时如果再按，它又会延后十分钟。

我反对设置这种闹钟，因为它使我们对睡前的决定讨价还价。如果睡前认定六点起床，为什么要拖到六点二十？如果可以拖到六点二十，睡前又何必定在六点？人不能对自己妥协。想想，对自己几个小时之前的决定尚且妥协的人，还可能对长远的理想坚持到底吗？

以上提到的许多经验，使我每天对起床这件事都有了一种战斗的态度。我极力坚持自己起床的时间，并在中途醒来时尽量保持清醒，因为启动不快的车子，不可能在赛车场上有杰出的表现。而每当我实在累得起不来时，都对自己狠狠地说："一天开始的第一仗就输了，怎么得了！"

\*

我有一个朋友，先在新闻单位做到高级主管，莫名其妙地被排挤之后，改行做保险经纪人，很快便成为"百万经纪人"；不久之后又去办杂志，没几个月，就打出一片令人震撼的天下。

记得当他黯然离开新闻单位时，一个朋友说："别操心！他是遇到打击，先闷不吭声，躲在角落睡觉的人。但是只要睡醒，就精神抖擞，仿佛换了个人，开始生龙活虎地面对下一个挑战！"

没有人会说"白天的战斗，是为晚上睡觉"，却可以讲"晚上睡觉，是为白天的战斗"！

睡觉，是为醒来之后，走更远的路！

### 关于缓急
# 焦躁就是浪费时间

*如果你无法逃避他，就面对他！*

今天晚餐，我先吃完，坐在客厅看报，却听见你跟妈妈好像在吃饭时不高兴，接着就见你红着眼睛上楼了。

我问妈妈为什么，妈妈说你后天要去参加纽约州的奥林匹克科学比赛，明天又要留校演练，因为功课太多，做不完，着急发脾气，她就骂了你。

我又问妈妈怎么骂。

"我问她功课能不能不做，她说不能；我又问她奥林匹克比赛能不能不去，她也说不能。我就说：'好啦！你急也得做，不急也得做，你只好去面对。'她就哭了。"妈妈回答。

孩子，我觉得妈妈讲得很对。美国人常说："如果你无法逃避他，就面对他！"（If you can not run from him, face him!）因为只有面对他,才能把问题解决。

*

相信你也一定读过我在写给哥哥的书里提到的,有个在金门当蛙人的朋友说,当左边眼睛被打到的时候,右边的眼睛还得睁开,否则右眼也完蛋了。

我用这个比喻,或许并不妥当,因为你今天只是要面对一堆功课和比赛,而不是去打仗。但是想想,如果你现在一直掉眼泪,一直焦虑得跳脚,回头眼睛肿了,起了针眼,火气大了,生了病,不也像那右眼闭上的人,反而更不能面对问题了吗?

所以我建议你,先去洗个脸,冷静一下,再把要做的事一件件列出来,将那最重要的先完成。

这就好比你参加考试,题目多得做不完,与其发愣、着急,不如冷静下来赶紧开始做!还有,当你碰上不会的题目,与其一直在那儿想,把做其他题目的时间也耽误了,不如先跳过,去做自己会的。

这也是为什么许多人在考 SAT 之前先去补习班做模拟测验的道理。那模拟测验不见得能使他得到多少新知识,却能让他学习到在时间紧迫的情况下怎样安排时间。

＊

　　同样的时间，在不同人的手上能产生完全不同的效果。

　　我在《读者文摘》上看过一个马拉松教练和选手的故事。那个教练坐在轮椅上，居然能教出一个马拉松冠军。你猜他怎么教？

　　他用嘴教！

　　他只是教那个选手怎么热身、稳定速度、保持体力，然后做最后的冲刺。

　　那个教练说得好："如果你一开始死要面子，拼命跑在最前面，又一下慢一下快，到后来一定体力不支，被别人追上。"

＊

　　同样的道理，当你今天时间有限、体力也有限时，你就要像跑马拉松和参加篮球比赛一样，充分利用每一秒钟。

　　你要算算距完成那些功课的 deadline 到现在有多久，然后除以功课的门数，算出做每门功课顶多能用多少时间。

　　你也可以像马拉松选手一样，保留些体力做最后的冲刺——先把每门必须面对的功课和考试准备得差不多，到最后发现时间还有剩余的时候，再去加强其中一两门，把 B 拉到 A。

你大概要说你绝不能容许自己拿B，对不对？

但你也要知道，当你只有那点儿时间，又一门也逃不掉的时候，能让每门都过关，就已经不错了。有一天，你甚至可能发现在不得已的状况下，能拿C过关，总比不及格来得好。

这也好比当你只有一点点钱却有好几天要过的时候，总不能说只吃法国大餐，不愿吃汉堡包；如果要过的日子更多，你甚至能有吐司吃就已经不错了。

*

孩子，这就是生命的现实。生命有一定的长度，我们只能完成有限的事。你愈大愈会发现"时间有限""人生苦短"，愈会发现时间紧迫得居然容不得你为紧迫而焦躁。

因为焦躁就是浪费时间！

快擦干眼泪，安下心，计划那有限的时间吧！

**关于拖延**

# 掌握时间的骨牌

"我们不管你什么时候寄出，只管是否准时收到。"

在美国，每年不知有多少高中生不眠不休地写研究论文，参加"西屋科学奖"的评选。原因是，"西屋科学奖"不但代表很高的荣誉，颁发巨额奖金，而且得奖证书有个妙用——可以当作申请著名大学的敲门砖。

参加比赛的学生当中，最凶悍的要算来自纽约市的了。据统计，从 1942 年设立"西屋科学奖"到现在，纽约市的学生囊括了四分之一的大奖。

更令人惊讶的是，这四分之一中又以史岱文森高中的学生占多数，几乎年年都有学生挤进准决赛。

\*

但是，1989 年 12 月 18 日，史岱文森高中传出一片哭声，许多学生脸色苍白，哭着说："我们的眼泪、血汗全白费了。"

他们哭，不是因为比赛败北，而是由于他们的研究成果，根本没能进入"西屋科学奖"的大门。

12月14日，一百六十份报告由史岱文森高中分成两箱寄出，其中一箱在"西屋科学奖"评选截止日15日及时寄到。另一箱里的九十份，却拖到18日才寄到。

"我们有收据为凭，14日寄的'隔日快递'。"史岱文森的老师解释。

"我们有文件为凭，写得明明白白，我们必须在15日收到。""西屋科学奖"的主办人说，"我们不管你什么时候寄出，只管是否准时收到。"

看到《纽约时报》上的大篇幅报道，我感慨地想，到底是学生拖，还是老师拖？为什么非要拖到收件截止的前一天才寄出呢？我相信学生、老师都可能拖了。

*

在纽约曼哈顿，有个夜间邮局。每年到递送大学申请书和报所得税的最后一夜，那个邮局前都会出现壮观的场面。一条长龙从邮局延伸到街头，又转来转去，转过半条街。车子一辆接一辆冲过来，跳下心急如焚的人。大家都赶在那最后一秒，夜里十二点钟敲响之前，把手里的表格寄出去。

与其说他们是"赶"在最后一秒，不如说是"拖"到最后一秒。相信，也就有许多人像史岱文森的学生，没赶上那一秒，而"拖掉"了自己的希望。

有人批评，认为"西屋科学奖"应该有点儿人情味、有点儿弹性，不要让孩子的心血白费。我却认为，比赛就像人生的战场。它比实力，也比速度。速度何尝不算是一种实力？你没别人快，你比别人拖，就显示你比别人差。

差的人输，这是天经地义的，而且未尝不是好事。如果那些输的学生能汲取教训，再也不拖，那么他们在这次比赛中学到的应该比失去的更值得。

\*

"拖"是人的通病，也是大病，因为它不但拖掉了自己的机会，也拖掉别人的机会。它不但表现了自己的不准时，也表现了对别人的不守时。更严重的，是它表示了对别人的不尊重。

记得我年轻时，有一次跟朋友约吃饭，他迟了半小时，我只好先吃，吃到附餐了，才见他满头大汗地冲进来。

"对不起！忘了！忘了！"他一边擦汗一边解释，"只怪太早以前就约好。"

我那时年轻气盛，也就半开玩笑地问："要是总统一年之前就约你，你也会忘掉吗？"

他居然一笑："那当然不会忘！天天都会想一遍嘛！"

这证明了什么？

证明一个人不守时，没把别人放在心上。

\*

问题是，那种真会拖的人，即使跟总统有约，也可能不守时。不是他存心不守时，而是他不能不拖。

我有个朋友，以"拖"闻名。前前后后已经拖垮三个理想的女朋友。当他又新约了个女生看电影时，几个室友都劝他早早上路。

他也确实早早就穿好衣服、梳好头，只等穿上鞋子往外走了。

这时候大家正看电视里播的《万夫莫敌》。他看时间还早，也就坐在鞋柜上看一下。

看了一会儿。

"该走了！只剩一个小时了！"有人催。

"急什么？四十分钟就到了。"他说。

隔一阵，又有人叫："快走了！只剩四十分钟了！""不急。"他盯着银屏，"今天星期天，街上不塞车。半小时就到了。"

只剩半小时，又有人催。他又一挥手："不急！今天坐车的人少，下车的人也少，跳上车就到。"

等到他出门，只剩二十分钟。当他赶到，电影早开演，女生早不见了。

他悻悻然地回来，两手一摊：

"那女生大概更拖，还没到，我也没等她。天涯何处无芳草，对不对？"

这就是已经拖成毛病的人。他们基本的错误，是太理想化。更可恨的是，他非但不认错，还为自己找借口。

*

对付太理想化的拖，最简单的方法，就是"精确化""数学化"。把完成每件事情需要的时间先写下来，再往前，一天一天算。

譬如你要出一本书，先设定"上市的日子"。

往前减七天，预估为从发行到各书店摆出来所需的时间；再往前减五天，作为装订的时间；再减五天的印刷期；再减五天看蓝图；再减五天拼版期；再减十天的校对；再减七天的打字排版；再减六天的编辑设计。

　　于是，你可以知道在出书五十天前，就得把稿子交出去了。你会发现，当你以为还很早而优哉游哉的时候，这么一算，已经嫌迟了。

*

　　还有一种人拖，是因为他总借后面的时间补前面的迟。譬如星期二要交英文作业，星期三要交数学作业，星期四要交作文。英文他没能及时做完，于是回家赶英文，没做数学。数学没做，又回家补做数学，误了作文。于是拖了"一样"，等于拖了"一串"，没有一科能准时交出去。

　　对付这种毛病，就如同欠债的人，要在发年终奖金有剩余的时候，先把前债还掉。最好在放假的时候，把前面没写的、没念的先一次补清，使那恶性循环到此为止。

*

　　记得我有一次看学生在体育馆的地上搭牌。几万张骨牌，一张张小心地排列好，再等到展示那天，推倒一块，看成片的骨牌纷纷躺下。

学生们每排一段距离，就隔几块不排，让它空着。

我好奇地问："为什么不一次排好？"

"不能一次排好。"学生说，"否则可能排完了百分之九十，不小心弄倒一张，就全倒了。所以只有在演出之前，才把关键的排满。"

从此，每次发现学生有"连锁的拖"，我都讲这个故事。对他们说：

"你们不是会在排骨牌的时候留个保险的空间吗？那么，在放假的时候留下来，别急着去玩。让恶性的骨牌效应能到此为止。"

\*

虽然讲了许多，其实我自己的儿子就是个爱拖的人。起初看他拖，我会生气，在旁边不断催。

后来看他拖，我只是偷偷看，希望他能在因不准时导致的失败中，自己学到一些。

但是现在看他拖，我反而会去安慰他：

"没出门的时候，有所谓迟到。出了门，就无所谓迟到了。宁可在门里赶，不要到门外赶。"

因为我知道，凡是迟了的人，都会赶。赶着搭车、赶着过街、赶着飙车。所以拖不但代表不守时、不准时，而且也造成了危险。

＊

虽然总教大家守时，其实我也有不准时的情况。

记得黄君璧大师八十九岁大寿的时候，门生举行暖寿晚宴。我虽然早早出门，却碰到塞车。

坐在车上，我并不紧张，心想，我塞车，大家都塞，也一定都迟到。

岂知，当我走进会场，才发现百分之九十的宾客都到了，黄老师正急着找我呢！

我惭愧极了，心想，为什么大家都到了？难道他们两个钟头之前就出了门？为什么大塞车没影响到他们？

而我也知道，迟了就是迟了，说一万个理由也没用，如同"西屋科学奖"主办方说的：

"我们不管你什么时候寄出，只管是否准时收到。"

关于作弊
# 心里有鬼的时候

作弊只是拿一时的分数,却没得到真正的学问。

"不公平!不公平!"今天你一进门就喊。原来是体育课考"仰卧起坐",由学生自己做、自己数,再报给老师登记。

"好多同学根本做得不标准,还没坐起来,已经躺下去;还没躺平,又坐起来,也算。"你嘟着嘴说,"报的时候还偷偷加几个。害我跟他们比起来好像特别差的样子。"接着说了一堆同学作弊的例子,而且愈说愈气。

孩子!这种事我见太多了,你有什么好气的呢?随着年龄的增长,你见到的作弊会更多。因为小时候,学的就那么一点点,大家很容易应付;上了中学,要学的东西愈来愈多,那些应付不了,又希望拿好成绩的人就可能作弊。

＊

可不是吗？我相信我那个时代考试作弊的人绝不比现在少，当时甚至流行个顺口溜："考试靠作弊，作弊靠运气；运气不好被抓去，总说一句要努力。"不信，说几个精彩的给你听——

我上高中时班上有个同学，每次"国文"科考默写，他都早早到校，先用钢笔在桌子上抄一遍。他不止写哟，写完之后还站在桌子上踩，让桌上蒙一层灰，免得老师看见下面的字。等到考试的时候，考哪一段，他就对着那段哈气；已经干了的钢笔字迹，一哈气就显现出来。有一回他哈得太凶了，监考老师还跑过去问他是不是犯了哮喘，要送他上医院。

提到监考老师，让我想起大学联考，有一道题——"中国最早的毛笔出现在什么时候？"

我有个朋友，不会，就用手捅前座的人，一边捅一边小声问："笔，什么时候？"

那被捅的，先不作声，接着把一支钢笔隔肩递了过来，以为我朋友钢笔没了墨水。好死不死，这动作被监考老师看到，我这朋友只好装样子，打开那人递来的钢笔，硬挤几滴墨水在自己的笔里。偏偏他的笔里墨水已经满了，灌不进去，结果几滴墨水全滴在了考卷上。

*

再说个更有趣的事给你听——联考前，我有个同学做了个十分精致，不到四厘米宽，"旋风装"的小抄，上面用工笔小字写得密密麻麻。我当时叹为观止，请他考完之后送给我收藏。只是，联考完了，他却迟迟没给我。

有一天，我问他要。"扔了！"他一摊手。原因是，当他走出考场的时候，看见地上有个小纸片，拾起来，吓一跳，那是个小抄本子，居然比他的还精美得多。他一气，就把答应给我的小抄扔了。

*

好！我的笑话说完了。表面看起来，那些人都很会作弊，但你知道结果吗？结果是：

高中时擅长写"板书"的那个同学，考了两次，才进入一个三流大学。

"滴墨水"的同学，那科试卷不计分，因为他有"做记号"的嫌疑。大学联考做小抄的同学，考了三次，好不容易进了一所学校，却在毕业前两个月，因为作弊，被勒令退学了。

这些同学，我至今都有联系，甚至在写这篇文章之前还打电话给其中一位，问能不能写。他说可以，还半开玩笑地说了一段感性的话：

"其实何必作弊呢？作弊只是拿一时的分数，却没得到真正的学问。我后来想想，如果用做小抄的时间好好念书，恐怕分数还高些。因为作弊紧张，看小抄都看不清；又一心想着作弊，原来会的也不会了。作弊真是害人不利己，如果我作弊得高分，让别人落榜，我是害了人；如果我作弊，不踏踏实实用功，后来学问不够，是害了自己。"

\*

这也让我想到两则旧闻——
一、美伊战争时，一个在巴格达博物馆行窃的男人被抓。
"我起先只是看别人抢、别人偷，愈看愈觉得手痒，于是也跑了进去，进去才发现贵重的东西全没了，只好随便拿了两样，结果进去最晚、出来最慢，反而被抓。"那个男人辩白。
东西虽不值钱，他还是被判了重刑！
二、几个就读于某高校的学生考试作弊被抓。
"大家都作弊，为什么就我们倒霉？"那几个眉清目秀，甚至得过楷模奖的准毕业生，在亲友的陪同下开了记者会，悔过自新。

但作弊就是作弊，他们还是都被勒令退学了。

*

你知道我为什么说最后这两个故事吗？因为我发现有太多人，原来不作弊，只是看别人好像不劳而获，加上心里不平，由心痒到手痒，后来也"下了海"，结果被淹得半死。也有许多人，从来不作弊，却注意别人作弊，看在眼里，恨在心里，反而受到影响。

希望你能了解我说这番话的道理，因为它很可能让你有一天悬崖勒马、受用一生。

# 紫图·励志人生馆  站起来 用信心和斗志回击挑战

## 《一个人，不行吗》

作者：曲家瑞著
出版社：台海出版社
定价：39.9元　开本：32开
出版日期：2015-11

27句话，27个真实经历，告诉你一个人如何活出精彩而自信的人生！

## 《寂寞是毒，也是解药》

作者：周思成著
出版社：北京联合出版公司
定价：39.9元　开本：32开
出版日期：2015-10

所有的孤单和伤害，那些你以为是毒药的东西，才正是我们渺小如尘埃的人生的解药。

## 《所有遗憾都是成全》

作者：荼蘼著
出版社：北京联合出版公司
定价：39.9元　开本：32开
出版日期：2015-7

40个青春成长故事，所有的不完美，给你重生的力量。

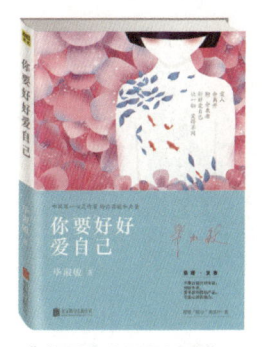

## 《你要好好爱自己》

作者：毕淑敏著
出版社：北京联合出版公司
定价：39.9元　开本：16开
出版日期：2015-3

中国第一心灵作家毕淑敏30年写作生涯巅峰之作，比张德芬更温暖，比张小娴更深情。

## 《你要学着自己强大》

作者：毕淑敏著
出版社：北京联合出版公司
定价：39.9元　开本：16开
出版日期：2015-8

中国第一心灵作家毕淑敏修心之作，60个修心故事，给你勇气和智慧。

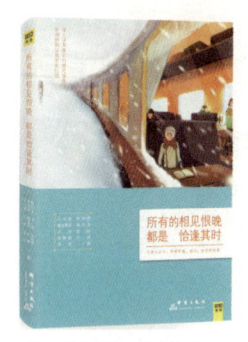

## 《所有的相见恨晚，都是恰逢其时》

作者：王云超 李荷西 慕容素衣 夏苏末 冷莹 老妖 张躲躲 向暖 团团/著
出版社：群言出版社
定价：39.9元　开本：32开
出版日期：2015-10

# 紫图 · 励志人生馆　站起来　用信心和斗志回击挑战

## 《人生总要独自前行》

作者：[日]濑户内寂听/著　吕平/译
出版社：三秦出版社
定价：39.9元　开本：32开
出版日期：2015-6

10夜智慧疗愈，30个传递爱与希望的故事。愿你在黑暗里守住信念。

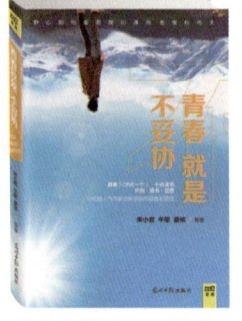

## 《青春就是不妥协》

作者：宋小君 午歌 蓑依 等著
出版社：北京联合出版公司
定价：39.9元　开本：32开
出版日期：2015-8

超人气作者组合，讲述关于青春刻骨铭心的故事。每个深夜都有人被逗笑或虐哭。

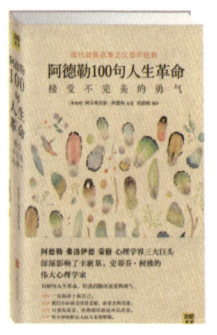

## 《阿德勒100句人生革命》

作者：〔奥地利〕阿尔弗雷德·阿德勒 原著　程浩阳 编译
出版社：北京联合出版公司
定价：48元　开本：32开
出版日期：2015-9

现代自我启发之父百年经典，阿德勒心理学智慧精华之作。

## 《即使失败，也是向前一步》

作者：徐则行 著
出版社：北京联合出版公司
定价：49元　开本：16开
出版日期：2015-10

2016年美国最具影响力的总统候选人希拉里·克林顿家训，一位杰出女性的自我成长启示录。

## 《婚姻的十万个为什么》

作者：潘幸知 著
出版社：光明日报出版社
定价：45元　开本：32开
出版日期：2015-8

一部全方位解密两性婚姻的情感百科，献给所有相信爱情，愿意用心经营婚姻的朋友！

## 《你若不伤，爱就无恙》

作者：李爱玲 著
出版社：光明日报出版社
定价：39.9元　开本：32开
出版日期：2015-8

中国首位情感HR李爱玲为你揭秘爱情、婚姻、自我成长中"高回报率与选育用留"的关系。

### 关于竞争
# 不能及时成功就是失败

> 我们常说人才不怕被埋没,迟早会被发掘出来。但是,今天这句话或许不对了!

由于后院紧邻着被列为鸟类保护区的森林,使我经常能观察到鸟类的生态,尤其是在屋檐下挂了野鸟喂食器,躲在百叶窗后,更可以近在咫尺地看它们的小动作。

最爱仲春山茱萸花盛开的时节,红雀、斑鸠、麻雀、蓝松鸦,都携家带小地来进餐。其中阵容尤其庞大的要算是麻雀了,一对父母足足领来五只小宝宝,不知是否因为怕冷,宝宝们紧紧地挤在同一枝上,等着父母喂食。

大鸟总是先飞到喂食器里衔取谷子,然后飞到地面咀嚼,再回到枝头哺育孩子。而每当大鸟飞临的时候,小雀都极力地抖动翅膀,张大了嘴巴,并发出叫声。别看那些小雀不大,它们的嘴巴张开了可是惊人,似乎整个头就只有一张嘴的样子。而且小雀的嘴跟大鸟的颜色不同，色彩较浅，边缘则呈淡淡的黄色，变得非常显眼。

观察久了，这些小雀的生活竟使我惊悸，我发现在那一窝初生的小雀之间，居然也存在着激烈的竞争——生存的竞争。至于那张大嘴巴、高鸣乃至抖翅的动作，则莫不是为了吸引大鸟的注意。

鸟毕竟是鸟！那做父母的居然不知道计算每个孩子的食量，它们可以来来回回地喂相同的两只小雀，只因为那两只的嘴张得特别大，声音特别响，翅膀抖得特别凶。有时候看到最瘦小的一只半天吃不到一口，真是让我发急，可是又有什么办法？只怪它的父母太蠢，更怪它自己不知道争取表现哪！

几乎是一定的，那不知道表现而吃不到东西的小雀，后来都不见了，剩下壮硕的两三只，被喂得更结实，终于能独立进食。我常想：这是否就是自然的定律呢？因为大鸟的体力有限、食物有限，在成长过程中，当然有些子女要被淘汰。

于是那抖翅、张大嘴、高鸣的表现，就值得我们深思了。因为鸟的社会正反映了人类社会，生物间生存竞争的道理是相同的。

*

去年年底，当《民生报》公布年度畅销书排行榜的时候，也道出一个残酷的现实：卖得好的书与滞销书的比例是一比四。金石堂每月进书近两千种，其中百分之七可能全年一本也卖不掉。

那些卖不掉的书难道就都差吗？不！它们可能从进书店就没被摆在显眼的"台面"，而被塞到书架的一角，因此一年下来不曾被顾客翻阅过。如此说来，内容再好又有什么用？滞销书的命运，不仅像我所看到的那只瘦小麻雀不知所终，而且几乎从一开始就注定了早夭的命运。

*

我们常说人才不怕被埋没，迟早会被发掘出来。但是，今天这句话或许不对了！

一百年前，你可以靠科举考试而一举成名天下知；三十年前，你可以因大学毕业而雄赳赳、气昂昂；十年前，你可以混个硕士而不愁找不到好工作。但是再过十年，只怕你拿到博士学位都还可能失业。因为你一心读博士，"出道"落在别人后面，等学位拿到时，只能给中学毕业的老板打工。

**在这个竞争激烈的时代，你不但要成功，而且要及时成功，否则就是失败。**甚至你要嫁个理想的丈夫或娶个理想的妻子，再也不能只凭自己天赋的外在或内在来吸引异性，而要主动地展示给你中意的人看。

　　否则你可能只是一本封面无比精美的书，由于出版商少了炒作、宣传和疏通而被束之高阁；也可能是内容无比深入的精品，却落得一本也卖不掉的命运！你的内容再美，人家翻都不翻，又有什么用？尤其现实的是：**在这个时代，一过时就没人要了！**

　　所以，不如学学我窗外那两只聪明的小雀吧！

关于逃避
# 迎向战斗

以放弃的模式面对困难，就连抵抗的机会都没有了。

今天早上你起得很早，却迟迟不见走出房门，直到我过去察看，才发现你居然坐在床边发愣。

遇到紧急状况却发愣，是你的老毛病。我一直记得两年前，当你母亲半夜突发急病，我把你叫醒之后，你也是站着发呆，直到救护车开到门口，才稍稍清醒。

最近我与你同学的家长谈到这个问题，她居然也有同感，并说从多年的观察中发现，十几岁的大孩子常用这种方法来放松自己。她说现代社会和学校的压力太大了，孩子受不了，不得不用这种让脑海空白的方法，使自己能获得暂时的松弛。

我同意她的观点，但认为更好的说法应该是：当一个过去处处都由父母安排的孩子，逐渐地完全面对他自己的世界时，往往就会有这种表现。实在讲，那是逃避，所幸他们在暂时的逃避之后，多半能再站起来，面对眼前的问题。

※

但是如果一个年轻人不断地逃避，总以这种发愣的方式面对问题，等着别人解决，或让事情自然过去，装作与自己无关，会怎么样呢？我可以告诉你，这种人很多！甚至成年人，已经进入社会相当长时间的人，也可能有这样的表现——那就是沮丧和忧郁。

有一位患忧郁症的朋友对我说，当他不得不打电话给某人时，却又往往希望某人不在。他既不得不面对问题，又不敢面对问题，整天躺在床上，用棉被蒙着头，缩作一团。

那棉被是什么？

是鸵鸟用来藏头的沙土！也是婴儿母亲的怀抱！

※

孩子们遇到困难时，总会躲进母亲的怀抱。在我们成年之后，虽然知道母亲不能再为我们解决问题，却在潜意识里仍然存有那种逃避和寻找安慰的想法。因为它是最原始的回应，在我们童年的记忆中，也是最有效的。

因此，成年人还总是叫"我的妈啊"；许多长得高头大马的青年，甚至花了发的中年人，也可能躲在母亲怀里痛哭。

问题是，母亲不在，怎么办？

他便用棉被蒙起头来，或是躲在角落里发愣！

所以当我发现你有发愣的习惯时，一个想法是：那很自然！每个年轻人在成长的过程中都会这样，是为他下一刻的战斗积存力量。另一个想法则是：这是很重要的时刻，我必须教他如何减少逃避的想法，立即进入现实，因为这个充满竞争的世界是不等人的。

\*

你记得小时候玩耍时常说"play opossum"吗？意思是装死，因为负鼠（opossum）这种小动物遇到强敌时就会装死。

相信你也看过许多昆虫，在被人抓到之后会立刻仰面翻倒，一动也不动。

你必然读过两个人遇到狗熊的寓言故事，逃不掉的人躺在地上装死，而没有被狗熊攻击。

你觉得这些装死的动物是不是很聪明呢？我可以肯定地告诉你，那非但不聪明，而且最危险，因为它们以放弃的模式面对困难，就连抵抗的机会都没有了。

每年在美国的高速公路上，不知有多少鹿被车撞死。一般街道上，也总有猫和鸽子被碾得稀烂。你知道这是为什么吗？因为它们在夜晚看到强光时，常会发呆地站在原地，不知逃跑，所以尽管有很长而善于跑的腿、最佳的弹性和最强的飞行能力，却遭遇了悲惨的命运。

由此可知，并不是任何情况都允许你做暂时的逃避与停驻，不论你有多么强，面对紧急状况时，都必须立刻武装、立即回应、主动出击！

最困苦的时候，没有时间去流泪；最危急的情况，没有时间去迟疑。

在未来的岁月，希望每当你犹豫彷徨、面对压力而不知所措时，都能想起这几句话，把自己抓回现实，迎向战斗！

**关于负向**

# 凡事都往好处想

当针扎到手指的时候,要想:幸亏是扎到手,没扎到眼睛。

在朋友家看电视新闻,号称"亚洲第二大"的高雄科学工艺博物馆,为了达到教育的目的,特别设置了许多科学玩具,让参观的孩子能在游戏中学习。

只是才开放一天,惊人的事就发生了:许多科学玩具居然被孩子们弄坏,害得科学馆工作人员不得不连夜修理。但是才修好,第二天又坏了一堆。

"真不像话啊!"主人骂道,"台湾的小孩太没教养了!"

大家都附和,说师长该挨骂,孩子该挨打。

我却不以为然地说:

"那些游戏不是给孩子玩的吗?首先博物馆方面应该高兴,有那么多孩子去玩,表示家长愿意带,孩子又爱去。想想三十年前的孩子，就算去，也怯生生的，不敢碰这个，不敢碰那个，哪儿像今天的孩子这么活泼？孩子活泼、尽情地玩，难免玩坏东西，这是可以想到的嘛！"看大家都把眼睛瞪得好大，我又说，"在佛罗里达的迪士尼EPCOT中心，有一大堆科学玩具，任来自世界各地的游客狠狠地摇、用力地打、拼命地踩，我去过许多次，却没见过哪样被玩坏了。所以东西坏了，固然可能因为孩子太皮，但是大人也要检讨，是不是在设计上没考虑到孩子的玩法。"最后我强调，"我不信，跟世界各地的孩子比，我们的孩子最顽皮。他们不是皮，是活泼，代表下一代有活力，民族有希望。"

这番话居然引来一屋子的掌声。好几个人问：

"奇怪，你为什么想的角度跟我们不一样呢？"

"很简单。"我说，"正面思考！"

\*

其实我过去也喜欢"负面思考"，这"正面思考"是二十多年来慢慢学会的。

记得二十年前，我在一本宗教杂志上看到一句话——

当针扎到手指的时候，要想：幸亏是扎到手，没扎到眼睛。

我当时就心一惊，觉得那个想法真好。后来，我去一位长辈家，见她正安慰向来考第一，那天却因为拿第二名而哭泣的孙女：

"想想，你以前拿第一名的感觉多好，你也应该让别的小朋友感觉一下，你该为今天拿第一的小朋友高兴啊！"

我的心又一惊，想："哪个家长不盼孩子考第一？这位奶奶的心怎么那样宽？真不简单！"

\*

接着，我到了美国，洋人做"正面思考"的就更多了。

有个同事的太太，中年以后身体一天不如一天，虽然退休在家，还总是生病。

妙的是，我那个同事一提起他太太又病了，就附加一句："感谢上帝！"

"你太太病了，你为什么还谢上帝？"有一天，我实在憋不住地问他。

"我当然感谢上帝。"他一笑，"谢谢他让我有份好工作，使我太太不用上班；也谢谢他使我健康，好照顾我多病的老婆。"

\*

还有位朋友，深度近视，最近动手术，用激光烧灼的方法矫正。

按说是成功率很高的手术，她却因为眼球太凹，一只成功、一只失败了。

　　好多人知道，都安慰她，她却笑嘻嘻地说：

　　"能有一只成功，多好啊！以后半夜起床，不怕抓不到眼镜，一片模模糊糊了。"

　　就这样，我渐渐学会"正面思考"。

*

　　当我去年因食物中毒被救护车送进医院时，我一边上吐下泻，一边想："又多个生活体验，又多个写作题材。"

　　当我在北京胆囊发炎，一下子瘦了一公斤时，我对朋友说："瘦了也好，瘦了照相比较好看，而且比较敢吃甜食。"

　　当我最近在台中市马路上摔一跤，把我在瑞士新买的鞋子摔成"开口笑"的时候，我告诉自己："幸亏这是一双结实的新鞋子，不然我一定止不住脚，非摔断骨头不可。"

　　"我已经是多么会正面思考的人了啊！"我想。

*

　　可是看到TVBS播出南非"武官"卓懋祺一家人的专访，我又自叹不如了。

经历陈进兴挟持，且受到枪伤的卓懋祺很平静地说："这次能脱险，不是全靠我们的力量，像侯友宜就冒了生命的危险。"又说："我会记住，我们一家因此而更亲密，这个经验带给我们正面的影响。"卓懋祺居然还特别提到他远在南非的女儿荷兰娜，说，"她非常担心，她最勇敢，因为她必须自己镇静地搜集资料。"

当许多人都心想"卓懋祺的这个女儿不在台湾，真走运"的时候，卓懋祺居然说："这段时间，对她而言，是最难熬的。"

自己身处险境，还能挂心远方的亲人，这是何等的境界！

\*

这使我想起电视剧《考斯比一家》的主角比尔·考斯比在他的独子在1997年1月16日被人枪杀之后所说的话：

"我们的心与所有曾遭遇不幸的家庭在一起，要分享这样的经验，真是不容易。"

"正面思考"，让我们在最坏的时候，能往好处想。它使我们学会宽恕、学会感恩，带我们度过最艰苦的岁月，且与每个经历苦难的人结合得更紧密。

一个人无论天生聪明或驽钝,他如果能有过人的成就,必然在"迟钝处"下过苦功。别人不去想的,他去深思;别人不曾做的,他去尝试;明明办不到的,他硬去办。

第三章

当重担压向你,
**接受它** Chapter 3

THROUGH ADVERSITY
TO THE STARS

### 关于冲劲
# 台面都上不了，怎么成功

> 这台面岂是易上的？常要忍辱、负重、贴钱、蚀本、吃亏，且偷偷吞下眼泪，才能上去的！

"中国台湾有一家杂志社，想请你那个担任专业模特儿的同学乔安娜拍封面照！"才回到纽约，我就告诉你这个好消息。你却手一摊："乔安娜已经不干模特儿了！"

"为什么？"我一惊，"一百八十厘米的身高，又长得漂亮，她很有这方面的条件哪！"

"Frustration（挫折感）！你知道吗，她的经纪人三天两头叫她去不同的地方面试，不要说十去九不成了，简直去一百次，有九十九次不成！好不容易搞到一个去加拿大为服装杂志拍照的机会，偏遇上坏天气，而摄影师需要一片蓝天的背景，结果钱虽然拿到了，照片却没被采用。"你为她十分抱不平地说，"最火大的是寒假她接了一档不错的工作，去巴哈马群岛出外景。哪知道，当她兴高采烈飞到迈阿密，转机时才发现巴哈马群岛是外国岛屿，而她没有护照签证。人家不准她入境，只好打道回府，偏偏普通舱又客满，买了头等舱机票回来，她的经纪人却要她自己付回程的机票钱，乔安娜简直破产了，所以她决定不干了！"

"你觉得有道理吗？"我问。

"多少有点儿道理！挫折感就是道理，一而再，再而三地遭遇挫折！"

\*

那么让我说几个亲身经历给你听吧！

在我大学毕业的那年，非常幸运地得到了一个主持三台联播晚会的机会，由于反响很好，某公司就请我去制作并主持一个类似的节目。于是我每天奔忙于节目的联络，并亲自编写脚本，甚至跟着歌星一起录音，临时客串和声。

节目中有个短剧，也由我编写，但是当我历尽千辛万苦找来各种史料，细细考证，将剧本写好时，导播却说不行，由他找人改写。只不过改了小小几段，编剧却换成了别人的名字，更甭提编剧费了。

过了不久，那个公司请我担任一场晚会的主持，事后导播拿了主持费的签单给我，说："对不起！由于制作费不够，虽然你签的是这个数字，但我们只能付一半，其余的得拿去补贴别人！"

过了一阵子，他们又找我，说有个益智节目应该改进，并把我介绍给制作人。

那位制作人倒也十分热情，要我立刻参与新节目的策划，并撰写第一集的脚本。岂知脚本送上去便石沉大海，原来制作人带着新节目的策划案，跳槽了！

于是公司又要我去找另一位制作人……

*

说到这儿，我请问，如果是你，你还去不去？而前面我所说的这许多遭遇，又算不算是 frustration 呢？

我去了！这就是我主持《分秒必争》的因缘。那个节目，收视率非常高，而我在每次节目中做的开场白，则成为后来的《萤窗小语》！

再谈谈《萤窗小语》吧！当我拿着第一集的稿子去见一位出版社负责人时，他随手翻了几页，斜着把稿子递还给我，笑着说：

"这么小小一本，我们不感兴趣！"

他的笑，我一辈子都不会忘记。

接着我又拿去给电视公司的出版部，说："这些内容既然在公司播，是否能由公司出版？"

对方的答复也差不多："这么小小一本……你自己出吧！"就是这一句"你自己出吧"，使我一本接一本写，一本接一本出，建立了我对写作的信心，创作出更多的东西！

直到今天，我常想：如果没有先前的挫折，而由别人草率地出版，可能不会销售得那么成功，也没有今天的我。

再往前想，如果我当初跟导播斤斤计较，找公司负责人理论，或许能"争回公道"，但很可能便没有后来的机会。而没有《分秒必争》，也就没有《萤窗小语》，我更不会被聘请进入新闻部。

*

那么再谈新闻部吧！当我进入新闻部后，由于《分秒必争》的风评好，又有传播公司请我复出主持，甚至拉到十几家广告。岂知公司先同意，临时却又以记者不适合兼做节目为由变卦，另塞给我一个新闻性的节目——《时事论坛》，叫我担任制作兼主持人。

当时新闻审查很严，大家都说我非但丢掉了金蛋，而且拿了个烫手的山芋。事实果然如此，第一集上午才录完，下午就接到通知——不准播出！理由是对大专联考批评太多，会影响考生及家长的情绪，影响社会安定。

而节目就要在第二天播出,我急成了热锅上的蚂蚁。

请问这是不是 frustration？如果是你,或你的同学乔安娜,你们还做不做？

我咬牙扛了下来。不到一年,《时事论坛》获得金钟奖!

*

今天,每当我遇到挫折,便心存感恩。因为我的成功都是从挫折中产生的,我的良机常是对手给予的。当前面的山路塌方,我应该找另外一条出路,去看别人未曾看过的美景,所以在我的字典里没有"挫折感"这个词!

就由山路谈起吧!我回来时,与一位做影视演员的朋友一起去梨山玩。刚到达,朋友突然接到台北的来电,要他回去录一个男扮女装的闹剧。

"一定是别的大牌演员拒演,才会轮到我!"他说,"抱歉!我明天一早就得赶回去!"

"既然是别人不愿演的丑角,你为什么接？"

"因为这是我难得担任主角的机会。要成功,先得上台面!台面都上不了,怎么成功？"

他的话很简短，却道出了真实的人生、现实的人生！也使我想起十几年前一位名歌星对我说的话：

"当年不如意的时候，我请求去歌厅驻唱。那个老板居然不屑地说：'你有这个身价吗？如果你能以台下的掌声证明，我就请你！'当时我觉得简直受到侮辱，但是我把眼泪吞了下去，说：'可以！我可以找到人买票捧场！'而我确实就花钱买票，请亲戚朋友去看，专为我鼓掌叫好。渐渐地，掌声愈来愈响，不仅是我请的人，而且有了许多自动前去捧我的听众，甚至到后来，我的亲戚想去，都抢不到一张票……"

她最令我难忘的一句话也是：

"要成功，先得上台面！台面都上不了，怎么成功？"

而这台面岂是易上的？常要忍辱、负重、贴钱、蚀本、吃亏，且偷偷吞下眼泪，才能上去的！

如此说来，乔安娜的 frustration 又能算是挫折吗？如果怕挫折，她能上得了台面，又能成功吗？

请你好好咀嚼我的这段话，并转告乔安娜！

对了！我还有一点儿好奇，身为史岱文森中学三年级高才生，怎么会不知道巴哈马是外国？

**关于专注**

# 你为什么不关手机

> 不带手机会死、不开手机会慌,已经成为许多现代人的"精神病"。

外出旅游的时候,常看见名人的题词。你知道我印象最深,而且最有感触的是什么题词吗?

那是我有一年去九寨沟,回程在路边一个叫"山菜王"的餐馆,见到客人写在墙上的打油诗——"花衣裳,红脸庞,青稞酒,山菜王。羌寨是我家,永不接电话。"

我对最后那句"永不接电话"特别有感触,是因为虽然忙里偷闲去九寨沟,同行的朋友却总在讲电话。住在旅馆,半夜听见他房间的手机响,喊得好大声,害我睡不安。连走在九寨沟风景区,正心旷神怡,也被他的手机干扰。

我有一次火大了,问他为什么不把手机关上。

他居然耸耸肩,说关了电话会不安心,怕有什么急事发生,自己不知道。

于是我发现,不带手机会死、不开手机会慌,已经成为许多现代人的"精神病"。

\*

你知道我为什么提这个吗?

因为当我说在中国台湾常看见年轻人手上攥着电话,上面一闪一闪的,连半夜都开着,好像有接不完的电话时,你笑说在美国也这样,许多同学连睡觉都开着手机。你妈妈则接过话:"维妮的妈妈说维妮夜里三点还在被窝里打电话呢!"

对上班族而言,常开着手机,还有点儿道理,因为世界愈变愈小,很可能半夜三更有地球另一边的电话,事关业务,不能错过。

但是难道你们学生也如此吗?你们也炒外汇、搞期货吗?如果没什么事,手机还非开着不可,连洗澡睡觉都得带着,就是有了"强迫性行为"。

\*

我当然了解你们手机不离身的心理。那是因为你们大了,要一步步离开父母、出去独立了。"在家靠父母,出外靠朋友",朋友变得比家人更重要。

也可以说，你们好像上了驶向人生彼岸的船。当岸上的父母不能再靠，你们非抓紧船和同船的朋友不可。手机则好像船上的无线电，随时可以呼救。接到朋友的电话，更表示有人关心。

我想起，三毛在世的时候，常深夜写信给我，问题是我们却从没半夜拿起电话打给对方。因为我们彼此体谅对方可能正在工作，那泉涌的文思不可被打断。我们也知道如果总在该创作的时候聊天，就都不能产生好作品。

于是我要问：你们是学生，有那么繁重的功课，有那么多该专心学习的东西，却为什么总开着手机？

如果你等电话，那"等待"会让你分心；如果你不等电话，又何必放个随时可能打扰你的东西在旁边？

\*

或许你要说，朋友很重要，不能跟父母走一辈子，但朋友可以。

问题是，朋友一起走，应该彼此提携，不是彼此牵绊。如果你们天天把时间、精力耗在电话上，还可能有高的成就、走向人生远大目标吗？

朋友之间讲义气，当朋友有难，当然应该救。但是救人也要有条件、有技巧。

你知道当你游向溺水者的时候，应该由他的后面接近吗？因为你由前面靠近，他可能在慌乱中把你死死抱住，使你们两个都沉下去。

你知道有时候，救生员甚至得一拳把溺水者打昏，再拖上岸吗？因为打昏他，还能救他一命。不打昏，可能两个人都没命！

同样的道理，如果你和朋友一天到晚讲电话，两个人可能"抱着溺死"。当你发现朋友太爱打手机时，则应该狠狠给他一拳，对他说："对不起！我要关电话了。"

*

过去我曾再三对你引述美国心理学家弗洛姆的话："在你爱别人之前，要先爱自己。因为你自己也是人，你连自己这个人都不能爱，哪有资格去爱别人？"

今天，我要对你和每位年轻的朋友说：

你们要有自我期许，先把自己的功课搞好，要求每个人尊重你的时间，使你能成功，将来才有能力去帮助别人。一个不知在重要时刻把手机关上的人，是不懂得说"不"的人。这世界喜欢总是说

"是"的人,也会尊重说"不"的人。

因为当你能说"不",别人才会尊重你的"是"。

当你常不开手机,别人才会高兴地喊:"哈哈!你终于有空接电话!我终于找到你了!"

关于紧张

# 在压力下茁壮成长

> 泡豆芽的人都发现，愈是压在下面的豆子，长出来的豆芽愈大。

今天你为了在学校练习演讲，很晚才回到家，满脸饥容倦色地坐在餐桌前，却未见你吃几口。深夜，我经过你的房间，看你躺在床上若有所思，说是很困，却睡不着；你讲话时，我可以清楚地听见你的肚子在咕咕作响。一点钟左右，你总算出来弄了一碗意大利面吃，又喝了杯牛奶，但接着就喊肚子痛。

我叫你躺在沙发上，为你放一个电热袋在腹部，又弄了几颗胃药让你服下，便离开了。不是我对你腹痛如此放心，而是因为我知道，你这些表现都是由于明天要比赛很紧张所造成，那是每个人都可能有的现象。

＊

　　我在你这个年岁时，也经常代表学校出去比赛，我得了台北市演讲比赛的第一名，又获得全省的冠军。名誉愈高，心理压力愈重。由于从小学开始，年年的比赛都是在秋季，我甚至只要感觉到秋天的到来，心跳就自然加速；听到广播或电视里传来颁奖的乐声，也不自觉地紧张起来，仿佛又回到比赛会场。

　　尤其记得当我被选为体育馆庆祝晚会的主持人之后，整整一个多月，我都吃不好，只觉得胸口有一种压力，甚至使我作呕。

　　但是，那天晚上，当我手脚冰冷地走上台，面对三家电视台的联播和万人的会场时，我的恐惧突然不见了，只觉得所有过去的紧张与压力都化作了信心和勇气！

　　据说，那一次我非常成功。它使我立刻受到电视公司邀请，并进一步走入新闻采访与节目制作的行列。如此说来，那一个多月的压力，不是很值得吗？

＊

　　其实压力是无所不在的，只要你自我要求，只要别人对你期许，自然就有压力。面对战斗的恐惧也是任何人都难以避免的，记得我们一起看的《晚间新闻》(Evening Broadcast)那部电影吗？女主角面对沉重紧张的新闻工作，早上先痛哭一场，再擦干眼泪，走出家门。

过去每逢我要播报晚间新闻，下午必定不碰咖啡，因为我发现，虽然已经是资深记者，喝了咖啡还是会有心跳加速的毛病。

后来我接受美国电视台一位资深记者的访问，握手时，发现他的手竟然也是冰冷的。有一次，中国台湾来了一位当红歌星演出，上场前我到后台看她，不但觉得她手心冰凉冒汗，甚至发现她不断地做深呼吸，以摆脱身上微微的颤抖。

\*

所以当你看到台上人谈笑风生地主持节目，或记者轻松地播报新闻时，要知道，他们在上台前也都有心理压力。因为他们错不得，一错就呈现在千百万人眼前。而且，你不要认为成名的老手比较轻松，实际上人的名气愈大，包袱愈重。他们是扛着半生的荣誉上台，怎能不慎重呢？

如此说来，以你一个默默无名的学生来与他们比，那点儿压力算得了什么？我们甚至应该欢迎压力的到来，因为压力往往能激发我们的潜能，使我们超越原来的自己。

＊

近代科学家对于进化论有一派新学说，他们发现许多生物不是逐渐进化的，而是突变进化的，而那突变往往是在环境压力的突变之下产生的。

伟大的文艺作品和新的艺术流派，同样往往是在压力下产生的，没有战争的苦闷，恐怕不会产生达达主义（Dadaism）和毕加索的《格尔尼卡》（Guernica, 1937），更不会有杜甫的《兵车行》。甚至泡豆芽的人都发现，愈是压在下面的豆子，长出来的豆芽愈大。

＊

记得我第一次定做西装的时候，裁缝说我的左肩比右肩高，我笑答："必定是因为我高中时都用右肩背书包，所以压低了！"裁缝则说："你错了！你一定是用左边背，不信你注意挑担的人，常挑担子的那一个肩头，即使没有担子在上面，也会比另一肩高些！"

可不是吗！压力虽然让人不好受，但是好！它只会使我们站得更挺、走得更稳，能够在未来承担更大的压力，产生更强的斗志，且从身体的内部、心灵的深处激发出源源不绝的力量，走向人生的凯旋门！

关于智商
## 天才与白痴

他们的成就,可以完全一样。

有位朋友被他孩子的老师请到学校谈话。

"你的儿子太让我头痛了!"老师劈头就说,"有一次我讲故事,说:'从前有个人,很穷……'话还没完,你儿子就问:'有没有爸爸、妈妈爱他?'我说:'有!可是死了。'你儿子又问:'那有没有朋友帮他?'"老师摇着头说,"天哪!我这故事才讲一句,他已经问了一大堆莫名其妙的问题,害我一堂课,故事才说了一半。"

最后老师做结论:"你得把他送进特殊学校。他不是智商不高,就是天才。"(后来他进了天才班。)

\*

不久,我在美国华盛顿的一份报纸上看到一个有意思的消息,也是关于天才——

一个在威斯康星州中学毕业之后就跑到纽约当妓女的二十岁女孩子莉特，因为痛恨许多人认为她是"波大无脑族"，居然参加哈佛、耶鲁、麻省理工和斯坦福大学联合举办的"智商比赛"。结果以一百九十六分压倒四所大学的顶尖高手，得到第一名。

莉特拿了一万美元的奖金，继续当妓女，据说因为"知名度提高"，还身价大涨。

*

然后，我又看了达斯汀·霍夫曼演的《雨人》。所谓"智障"的达斯汀虽然看起来呆头呆脑，却表现了异于常人的聪明。我记得很清楚的一幕——一盒火柴打翻在地上，达斯汀只看一眼就准确地说出火柴的数量。数数看，一点儿也没错。

据说"这种人"常有特殊的计算能力。好几位数连续加减乘除，他们能像计算机一样，快速地答出来。

心理学家的分析是：他们的脑子很单纯，所以东西进去，完全不受干扰，能整齐地排列、组合。

于是我想，天才与白痴，表面看有什么分别呢？

天才太会联想，你告诉他十件事，他可能只记得一件，因为那一件已经让他"想不完"。结果他死心眼儿地想来想去，把一般人认为简单无比的东西想个没完，活像什么都不懂的白痴。爱迪生小时候不就被这样认为吗？

*

但是相反地，天才又可能因为一想就通，而懒得去想。

美国有个天才人协会，里面全是智商特高的人。但是许多人不但没做特别用脑的工作，反而做粗工。原因是，他们在学校看什么都瞄一眼就懂了，于是不下功夫，功课奇烂，到社会上也难以专注，到头来没一样专精。

我儿子有位绝顶聪明的同学就是这样，高一、高二时猛玩，只要考试前看看书，就能拿满分。可是上了高三、高四（美国高中为四年），成绩却一落千丈，后来连人都不见了。原因是，有些东西可以靠聪明，有些东西不能只靠聪明。他每样都"十窍通了九窍"，学问做得不踏实，到头来反而"一窍不通"。

所以那些智商高又有傻劲，看到一个苹果落地，就去想出"万有引力定律"的人，可以成为牛顿。那些自恃聪明就不学不思的，则成了"钝牛"。

至于天生愚笨，却能用这与生俱来的"空空头脑"，不断努力，往里面堆学问的，也能有过人的成就。

*

　　二十多年前，当我在高中做导师的时候，班上有个学生，手指总缠着纱布，不是这根指头，就是那根指头。有一天，我好奇地问他原因。他说："因为当我不用功的时候，就恨自己，用刀片割一下手指。过不久，又不用功，我就又割一下，所以总是有手指包着纱布。"

　　我把他训了一顿，不准他再用这种苦肉计，并偷偷观察他。我发现他其实很用功，当别人睡午觉或打球的时候，他还猛 K 书。只是他可能真不聪明，总是考不好。

　　我偷偷盯着他，看他皱着眉，读两句，就扬起脸想，想不通，摇摇头，又低下头念，有时候还不断用拳头敲自己的脑袋。起初，我觉得同情，觉得好笑。但是渐渐地，我对他产生了一种敬意。

　　世上有什么比这更伟大的呢？我们长得聪明、漂亮，都不值得骄傲，因为那是父母给的。真正值得骄傲的是我们自己的努力。

　　当别人读三遍就会的东西，我要读三十遍才通。我就硬是读三十遍，用我后天的努力弥补先天的不足。

　　这，才是我之为我啊！

\*

有一天读到曾国藩的话：

"为学不可全恃明快，要思量到迟钝处。"

真是令人拍案叫绝！曾国藩是何等智慧、何等学问，却能说出这样的话。或许也正因为以他的聪明，还能如此想，如此下功夫，才能有曾国藩的成就。

中国绘画理论说："大拙便是巧处，大巧便是拙处。"不也是同样的道理吗？

一个人无论天生聪明或驽钝，他如果能有过人的成就，必然在"迟钝处"下过苦功。别人不去想的，他去深思；别人不曾做的，他去尝试；明明办不到的，他硬去办。

我相信，这些成功者之中，必定有许多带傻劲的天才和下苦功的笨蛋。但是，他们的成就，可以完全一样。

关 于 安 排

# 如果只剩七天生命

> 请问，你能在剩下七年寿命时，用七天的计划，又在只剩七天的时候，想去环游世界吗？

说个故事给你听——

很多很多年前，纽约市非常萧条，碰上冬天特别冷的时候，公立学校会突然宣布放假一个礼拜，号称"省油假"，目的是那个礼拜可以把学校的暖气温度调低，省下不少买柴油的钱。

有一个十五六岁的男生，回家告诉他爸爸，放省油假了。

"一个礼拜的假，加上前后的星期六、星期天，足足有九天，你有什么计划吗？"男生的爸爸问。

"我就知道你会问我这个问题。"男生得意地说，"我早想好了。第一，我要准备功课，因为放完假第二天就要考试。第二，我要去图书馆借几本世界名著。第三，我要找同学聊天，看场电影。"

"好极了！"他爸爸点点头，还赏了男生二十美金。

转眼六天过去了，男生突然要他妈妈开车送他去图书馆。

被他爸爸听到了，问："才借来的书，就要还了吗？"

"不是还书，是要借新的书。"男生喊，"我要写参加'西屋科学奖'评选的报告，要借好多参考书呢！"

妈妈赶快带他去图书馆。只是绕一圈，没借两本，因为重要的书都被别人先借走了。他们只好去书店买，花了一百多美金。

男生利用剩下的两天假日，不眠不休地又读又写，总算在星期一清晨写完一份报告，打个小盹，就赶去学校交了。

当天放学，听到男生进门，爸爸、妈妈和奶奶都急着叫他赶快吃点儿东西去睡觉。

却见男生一皱眉，说："不能睡啊！我得准备明天的考试。"

他爸爸跳起来问："你不是一放假就准备了吗？"

"是啊！"男生哭丧着脸说，"可是，经过一个礼拜，都忘得差不多了。"

*

故事说完了，好笑不好笑？你猜那个小男生是谁？

是我儿子！

你说他那样计划九天的假期，聪明不聪明？

不聪明!

为什么?

因为他没有分清事情的轻重缓急,没有把时间分成"大时间"与"小时间"。

想想,如果他能一放假就去图书馆借书,一次把写报告的参考书和用来消遣的小说都借来。先看参考书,用六七天去写报告,中间找同学聊天、看场电影,翻翻小说,散心,再利用靠近考试的两天准备考试,不是好得多吗?

他的错在于用大而完整的时间做了细碎的小事,却等"事到临头",才用有限的两天赶大的报告。这样赶出来的东西,怎么可能得奖?不眠不休好几天,再准备考试,效果又怎么会好?

*

再举个例子——

有一年我带妻子到丹麦旅行,中午抵达哥本哈根,导游说下午自由活动,又指出美术馆和游乐园的位置,要大家自己决定去什么地方。

午餐后我们立刻赶到美术馆,出来已经黄昏了,便去游乐园,并在里面吃晚餐。

晚餐时碰上几个同团的朋友，他们问我去了什么地方，我说去美术馆，还拿资料给他看。就见他们传来传去，露出十分羡慕的样子，又议论明天早上是否还有时间。问题是第二天十点美术馆才开门，旅行团九点半就要去挪威了。

后来我才知道，他们下午在旅馆四周的艺品店逛来逛去，误掉了去美术馆的时间。

而我，晚餐后再逛商店，居然还给太太买到一串带小虫的琥珀，给女儿买了个"益智积木"，没比"那些人"少看到什么。

第二天，当游览车从美术馆前开过，只见那几个人摇头叹气。

你说，他们为什么错过机会？

因为他们没能把握"大时间"逛美术馆，而在"大时间"做了"小时间"（逛商店）的事。

\*

再做个有意思的假设吧——

假使上帝说"你还有七十年的寿命"，你要怎么过？

你当然可以做长远的计划，积极地、稳健地向前走。

但是如果他改了，对你说："你还有七年时间。"

你就可能把握机会，多读一些书，多看看这个世界，多做些有意义的事。

又假使更可怜，上帝说你只有七个月了。

你要怎么做？说不定你会安排旅行、环游世界，去你梦想造访的国度。

可是，如果他说你只剩下七天了。

你当然是跟最亲爱的人相聚，交代身后事。

又如果那是最后的七分钟，怎么办？

你则可能抱紧你最爱的人，平静自己的心，面对人生的终了。

请问，你能在剩下七年寿命时，用七天的计划，又在只剩七天的时候，想去环游世界吗？

当然不行！

\*

中国有句俗话——"杀鸡焉用牛刀"。只是许多人在用时间上都犯了"杀鸡用牛刀"的错误。等到杀牛的时候，却发现只剩杀鸡的小刀。

所以，当你有一段假期，别急着办小事。

静下心想想，有多少需要用"大时间"完成的大事。

先把那些大事完成吧！

关于空间
# 超越空间的藩篱

　　荷兰人从小就被教育，以世界为自己未来发展的地方。

　　相信大家都看过关于非洲野生动物的影片，狮子在烈日当空的时候睡大觉，到了下午，凉快一点儿了，也可能肚子饿，才出动狩猎。放低姿势，一步步悄悄地穿过草丛……

　　这时候镜头拉开，只见草原上成千上万的斑马正在低头吃草，发现狮子，斑马开始奔逃，真是万马奔腾，烟尘飞扬。

　　狮子对准其中一个目标追，电影的镜头往前推，就见两个飞快的身影。

　　狮子终于追上了，镜头换成大特写，血淋淋的画面，狮子吃完，土狼吃，土狼吃完兀鹰吃，最后剩下一堆枯骨。

　　这时候镜头重新拉开，成为大远景，只见草原中成千上万的斑马，在和煦的夕阳和习习的晚风中又安详地低着头吃草了。

这时候你会不会想，那些斑马明明知道狮子明天还会来猎杀，它们为什么不躲到别的地方呢？

可是从斑马的角度看，它们会不会想："对！明天狮子还会来吃我们，但是它可能从东边来，而我在西边。就算它来西边，我跑得比较快。就算我跑不快，还有生病的、年老的，跑得比我慢。我总不会那么倒霉吧！"

所以斑马还是留在那儿，苟且偷生。

*

人类不也差不多吗？

想想因纽特人，他们为什么世世代代留在冰天雪地的阿拉斯加？他们可以往南走啊！就算一天走不到，一个月走不到，一年两年三年，总会走到比较温暖的地方。

没错，许多人走了，甚至迁移到美国中部、南部，但是为什么还有那么多人，世世代代留了下来？

你要笑他们笨吗？

请看看你自己和你四周的人，是不是也可能半辈子、一辈子都没离开过那个城市。甚至你小时候住在东区，到长大了、到老了，四周全建起高楼，跟以前完全不一样了，你还是留在东区。

为什么？

因为习惯了，因为恋旧，因为一动不如一静，因为懒得跑。如此说来，你跟因纽特人或那些斑马又有多大的不同呢？

\*

我在少年时读过一首诗，题目是"边界酒店"。内容都忘了，只记得其中一句——"跨一步便成乡愁"。

我常想那边界酒店，如果正好盖在边界线上，可能有张桌子，半边在这个国家，半边在那个国家。于是我从这张椅子移到对面那张椅子，就出了境，就有了乡愁。

只是，我也想，可能很多人一辈子就连那么一步都跨不出去。

\*

美国人早就在探索火星，中国人也计划登月了。

可能好多人想，地球多好啊！还有不少空地，何必去别的星球探索？

但是地球、月亮和火星与浩瀚的宇宙比起来，说不定也像那个边界酒店，只是小小一步。如同美国航天员阿姆斯特朗踏上月球时说的"我的一小步，人类的一大步"。是因为科学家有远见，才能早早往外探索，为人类的未来跨出一般人难以了解的一步又一步，也为我们的子子孙孙找到更宽广的天地。

*

我有位同学，大学毕业之后因为找不到工作，只好为货运公司押车，每天清晨从台湾北部的基隆港跟着大货车一路开到最南端的高雄。

有一天早晨，他关上车门，发现一只苍蝇在里面。他心想：好！我不放你出去，也不把你打死，我就把你关到高雄。

只见那只大苍蝇一路撞来撞去，撞晕了，停住休息，再飞、再撞。当我这位同学到达高雄，把车门打开，苍蝇终于飞了出去。

你相信吗？那只苍蝇居然给我同学很大的启示。

他对我说："你想想，那苍蝇有什么本事早上在基隆，傍晚就到了高雄？不是因为它能力强、会飞，而是因为上对了车。"

接着，我这位同学就猛K英文、西班牙文，去了美国中南部，没几年，衣锦还乡，成为很大的国际贸易商。

*

再说个故事，我三小姨子的丈夫，也就是我的"连襟"，是荷兰人，曾经做外商银行驻北京的首席代表。

有一天我开他玩笑，说："你们荷兰可真小啊！跟中国的台湾岛差不多吧！还抢了不少海里的土地，幸亏有堤防，不然地球暖化，早淹掉一大半了。"

你猜他怎么说？

他一笑，说："荷兰一点儿也不小，大西洋是我们的前院，整个欧洲是我们的后院，我们多少年前就到过中国台湾，比你们早太多了。"

后来我才了解，他们荷兰人从小就被教育，以世界为自己未来发展的地方。

\*

美国人何尝不是如此呢？

我儿子上小学时，有一天回来愁眉苦脸，我问他为什么，他说学校考试平常他都会答，那天却不会。

我拿过题目看，果然出得奇怪，譬如问："如果非洲码头大罢工、加拿大森林失火，会对你们有什么影响？"我也不会答，只好去问学校老师。老师说那是纽约政府交来的题目，很有弹性，譬如孩子可以答："我们就会缺巧克力糖和包装纸的原料了。"

我问老师何必考这些东西,老师说:"因为我们要从小教育孩子,全世界任何地方发生事情,都跟我们有关系,我们要孩子在未来做个'世界人'。"

*

今天中国对世界的影响愈来愈大,也受世界很大的影响,我们能不做"世界人"吗?我们能不超越空间的藩篱吗?

我们恋土恋旧是对的,但不能故步自封,而该驶向海洋、穿过大漠、越过高山、飞向太空,以寰宇做我们的舞台啊!

关于时间
# 事半可以功倍

> 孩子！现在是资讯爆炸的时代，我们不能再用旧时代"单行道"的思维模式。

今天下午，我请你帮我上网查一个资料，你当时正翻阅刚收到的杂志，低着头说"好"。但是隔一阵却见你在梳头，我又催，你才去开电脑，还一边咕哝地怨电脑好慢，得等半天，说妈妈正等着带你出去买衣服。

这下我就不懂了——你明明要出去，为什么还看那些杂志？你明明梳头的时候不必照镜子，为什么不先开电脑，一边等上网，一边梳头？

你甚至可以一只手梳头，一只手翻杂志，一边等电脑。三件事可以一起做，你为什么把它们分开呢？

中国人常说"事半功倍"，意思是用一半的力量，却得到加倍的效果。

除了少数特别聪明、行动特别快的人，事半功倍的常常是懂得"一时两用"甚至"一时三用"的人。

很早以前，我就发现这种"一时三用"的好处——

记得我还在念书的时候，有个女生请我去她家吃午饭。到的时候已经接近十二点了，只见她一边打开龙头放水，一边热油锅，一边切菜，突然一扬手，丢蒜头入锅里爆香，又一边炒菜，一边把手伸得长长地开冰箱拿肉。

我那时候真是看呆了，天哪！如果换作别人，同一时间只能做一件事，恐怕一个钟头都忙不出来，她居然才用半个钟头就端上一桌菜。

\*

当电视记者之后，我更发觉必须一心两用——

有时候一边播新闻，一边耳机响。里面是导播的声音，说新闻稿里哪个地方错了，要改，再不然哪条新闻要被抽下来或临时加上去。

起初我真不能适应。因为想专心播报，就听不到耳机里的"交代"；一心注意导播的话，又会忘了播报新闻。后来，看了一部讲述一位美国名主播出头的电影，我才发现，更高明的主播甚至能一边听导播提供的资料，一边不露痕迹地组合成新闻稿，立刻播报出来。

我也曾经到一个朋友家，发现他家沙发、电视、冰箱、瓶瓶罐罐上都贴个条子，上面用中英文写着沙发、电视、冰箱、糖果、饼干……

原来那是贴给才三岁的儿子看的。他们的理论是学习可以自然发生，孩子一边开冰箱拿东西吃，一边看到"冰箱""冰激凌""橘子水"，时间久了，自然会记在心里，不用教就会了。

他们的做法不也是教孩子"一时两用"吗？

\*

还有，你看到我书架上有一堆"有声书"，你知道大家都是什么时候听吗？

据调查，有声书的读者，一半以上是"开车族"和家庭主妇，因为他们可以一边开车或一边做家务事，一边听。

那不也是在同一时间做两件事吗？

从电视里，你看到的就更丰富了——

电视上分割成好几块：右边主播报新闻，主播后面放CNN的影片，左边则是半岛电视台的画面和中译字幕，下面是"走马灯"，右下角还有股票指数。你说怎么看？如果不能"一时三用"，甚至"一时四用"，怎么办得到？

＊

孩子！现在是资讯爆炸的时代，我们不能再用旧时代"单行道"的思维模式。据说现代战机的飞行员要同时看几十项资讯，就连阿帕契式直升机都可以同时攻击许多辆坦克。在这个时代，如果你不能"一时多用""一目十行"，甚至利用每个自觉与不自觉的机会学习，是很难成功的。

正因为如此，我们从小就容许你一边看电视，一边做功课，也鼓励你把功课带到餐馆，一边等上菜，一边写作业；当你学音乐之后，更建议你一边听音乐，一边读书，一边上网；最近我更提醒你，如果时间实在不够用，可以一边吹头发，一边看书，或一边刷牙，一边整理书包。

我甚至跟你说，如果你要下楼去厨房吃东西，又要跟我们说话，还要到客厅找报纸看，就应该先计划好路线，试着一边找报纸，一边说话，然后拿着报纸去厨房，坐在厨房一边吃东西，一边看报。甚至如果我们也在那儿，就一边跟我们讲话。

孩子，你会发觉，那比你想到一样就下楼一趟轻松有效得多。而且，你可以用省下的时间做不少别的事或多睡一点儿觉。

事半功倍的人不但能有加倍的时间，而且能有加倍的成就啊！

关于临场
# 人生因记忆而充实

> 我们知道自己活了多少岁,不是因为感觉自己有那么老,而是因为能记得自己的过去。

我很不会记数字,有时简简单单几个字,背了又背,却转眼就忘了。但奇怪的是,我会记银行账号,好多账号我都能在"电话查账"时轻轻松松地背出。

我曾经算过,平均一个月查账一次,就算一年,也不过十二次。起初几次我虽然不记得,必须一边看资料,一边输入,可是为什么同样的数字,我连着念三十遍,隔天都会忘记;而一个月才温习一次的账号,顶多半年就能记得了呢?

半年,六个月,我才看了六次啊!

后来读有关记忆的书,我终于搞懂——记忆不但需要重复温习才能"落实"在脑海里,而且"分段学习"远比"一次硬塞"的效果好。

因此，明明学校排课时可以把英文、数学各排一整天，却非得打散不可，甚至每天排一堂英文、一堂数学。这在记忆学的理论上称为"间隔训练"（Spaced Training），目的就是增加"长期记忆"的效果。

*

我今天特意谈这件事，是因为发现许多年轻的朋友喜欢临时抱佛脚，而且认为一次读完比较方便，又记得牢。

我女儿就这样，她每个星期天要上小提琴课。她明明可以每天练一小时，但她不这么做，非要等到礼拜六，才一次苦练七八个钟头。我说她，她便拿出那套歪理，说七八个小时除以六，她还比"一天一小时"练得多呢！

*

我在生活中再三地见证了分段学习的效果好，举个例子。

我的床头总堆着许多书，有文学的、科学的、艺术的和各种杂志。每天睡觉前，我总坐在床上读书，而且每次最少读三种。

我发现分段阅读有许多好处——

第一，好像吃饭时有不同的菜肴，这样吃两口，那样吃两口，味道有变化。小说看累了翻翻传记;传记看累了,再看看科学新知,不会腻。

第二,这样能够加强记忆。举个例子,如果看马尔克斯的《百年孤独》(*One Hundred Years of Solitude*),那书里的人物复杂极了,一口气读下来,固然容易得多。但是当我隔两天甚至一个礼拜才看一次的时候,因为不得不先"回想"读过的情节、人物的关系,就像每个月记一遍银行的账号,反而记得牢。

连看电视连续剧都一样,许多朋友只要拿到一套光碟就废寝忘食地看,甚至一集接着一集看到天亮,再红着眼睛去上班。可是往往看完没多久,就忘了戏里的情节。反而我跟我太太一天坚持只看两集,能够记得清楚。

*

书要常温。常温是常思考、常翻阅。

当你有一天年岁大了,跟老同学聚会,会发现有些人能记得许多以前所学,而有些人已经忘得一干二净。尤其耐人寻味的是,那些当年在班上名列前茅的,可能反不如"吊车尾"的同学"保存得多"。

想想,在学校里曾经花多少时间背那些东西啊!如果离开学校就还给老师，就算当年拿了好成绩，那段"苦学"不也白搭了吗？

比一比，当然是能够记一辈子、用一辈子，甚至能把早年学到的诗词拿出来吟咏、用以前学到的知识来看这个世界的人，过得比较丰富。

*

说了这许多，我要建议每位年轻的朋友：别临时抱佛脚，而要随时学、随时记；上完课，回家就复习一下。就算可以一天完全用来念英文，另一天完全用来做数学，也把它们拆开、穿插着学习。

我更希望每个学生在进入社会之后，能常常回想一下以前学到的东西，把那些有用的知识、美丽的篇章带到整个人生。

生命就是记忆！我们知道自己活了多少岁，不是因为感觉自己有那么老，而是因为能记得自己的过去。

忘得愈少，生命愈充实！

如果你还不能独立、不能坚持、不能无悔,就最好别擅自"坚持"做你可能"后悔"的事。相反,如果你认为你符合做主的条件,有毅力、有恒心,只要认定方向就坚持到底,那么,没人可以阻挡你成功!

第四章

当岔路干扰你，
**跟心走** Chapter 4

THROUGH ADVERSITY
TO THE STARS

### 关于自主
# 你是否能成为另一个比尔·盖茨

当有人对你说:"挑苹果吧!不会错的。"

二十多年前,我的绘画班上有个很有才气的小男生,因为愈画愈有兴趣,所以立志将来要做艺术家。

有一天,他对他爸爸说:"爸爸,我将来要进美术系。"

啪!话还没说完,他爸爸就赏了他一记耳光:"你要饿死!"他捂着脸,不服气地说:"人家刘老师,还不是美术系毕业,也没……"

啪!又是一记耳光:"你又不是刘老师!"

小男生不敢多说了,乖乖听从父亲的指示,投考五年制的专科,学电机工程。

\*

二十年不见,今年春天,突然接到他的电话,于是请他吃午饭。

坐在我对面的，已经不是小男生，而是三十五岁，在美国拥有几百名员工的"大老板"。

"幸亏那时候，你听了你父亲的话，要不然也没有今天。"我说。

他笑笑："您怎么不说，如果我没听我老爸的话，现在国际画坛上又多了一位大画家呢？"

他的话使我想起高中时代的自己，当我高考填志愿的时候，别人都填六七十个，我却只填了三个美术科系和一个"国文"系。

我的导师跳了起来，说我应该进外交或新闻系，将来才能有成就。

可是我的母亲没说话，只淡淡一笑："你觉得那是你的志趣就好。"

于是我成了画家，成了美国美术馆的驻馆艺术家，也成了大学教授。更因为画展的丰厚收入，使我敢于尽兴地写作，也成了一个所谓的名作家。

我的母亲跟那个学生的父亲完全相反，我不是也有成就吗？

*

最近我看了一部曾得到奥斯卡奖的影片《钢琴师》(Shine)。电影里的主角生长在一个有着强势父亲的犹太家庭。那父亲爱音乐，也逼自己的独子学钢琴。他一方面希望孩子出头，一方面又唯恐孩子出去寻找自己的世界。所以当儿子执意出国，去伦敦皇家音乐学院之后，他居然不准孩子再进家门一步。

他的儿子成功了，也失败了。虽然得到钢琴大赛的金牌，却因为总挥不去父亲的阴影，终于精神分裂。

看这个由真人真事改编的电影，我有好大的感慨，我不断想，那位父亲是成功了，还是失败了？在父母强势的主导下，有多少天才不但没能成功，反而因为背负太多心情的重担而摔得更惨？

但是我也想到，站在国际乐坛巅峰的大提琴家马友友，曾说他有个艰苦的童年，被逼着学琴，没能享受快乐的儿童时光。

只是说到最后，他又感谢那段被逼的日子，使他能有今天。

同样是出身音乐家庭，也同样有着强势的父亲，却造成多大的差异！

*

当然也有许多人就是不听话，而坚持走自己的路的例子。、

像老牌影帝，曾获得奥斯卡金像奖的詹姆斯·史都华（James Stewart），当年从普林斯顿大学建筑系毕业，没当建筑师，却去参加一个"夏日剧场"，到处跑码头、演戏。

据说詹姆斯的父亲气得把鞋子摔到墙上。

可是,詹姆斯成功了,连百科全书上都有他的小传。

*

更好的例子是美国微软公司创立人比尔·盖茨（Bill Gates）,他的父亲是著名律师事务所的合伙人,妈妈是教师。比尔·盖茨从小功课好,十八岁进哈佛大学。

但是,十九岁那年,比尔·盖茨居然自己申请退学,跑去搞电脑。

我常猜想当时他老爸、老妈的反应。最起码如果发生在我儿子身上,我会跳起来。

但是,比尔·盖茨如果当时不那么决定,他可能有"坐拥三百六十四亿美元电脑王国"的今天吗?

*

"我对某科有兴趣,我爸爸偏不准我念。"

"我不想考大学,想去创业,我爸妈就是不同意。"

"我只想把英文先念好,自己出去读书,不想在这里继续念下去。可是我妈坚持要我把大学读完。"

"我爱音乐,要跟朋友组个乐团,可是我爸说我要是这样,就断绝父子关系。"

总接到年轻的朋友这样的信,问我该怎么办。让我头痛的是,既然你说父母不是你,不能为你决定;我也不是你,我又怎么为你决定呢?

因此,我写了这篇文章。

\*

我们都只有一生,选了这个,很可能就永远失去了那个。如同我的学生所说,他假使选择美术系,今天可能不是成功的大老板,而是伟大的画家。

所以,你永远在选了梨之后都可以猜,如果挑苹果会更好。也可以在大家都赞美苹果的时候毫无遗憾地说:"我仍然相信我的选择最正确。"

只是,当那些已经尝过各种水果、有许多人生阅历又深爱你的人对你说:"挑苹果吧!不会错的。"

你是不是该听他的?还是坚持自己,始终无悔?

\*

"坚持"与"无悔",是每个人为自己的一生做决定时应该有的条件。

　　当你坚持自己的想法，认为自己一定对，而且必能坚持到底的时候，你是不是也该想想，你过去是否凡事都能说到做到，对自己绝不妥协？

　　抑或，你今晚上床时还夸下海口，明天一定能准时起来，却在几个小时之后，闹钟响了半天，仍然蒙头大睡？

　　除了"坚持"，你也能无悔吗？

　　你能自己承担一切，不怨天尤人；还是稍有不顺，就把责任往外推？

　　你说话算不算话？下棋回不回手？你会不会才答应父母一件事，转身就反悔了呢？

　　更重要的是你有没有独立？是不是成年了？如果你处处还在依赖父母，怎能不听他们的话，又岂能自己完全做主？

　　你必须知道，无论詹姆斯·史都华或比尔·盖茨，都是在成年之后做的主。你也要知道，在赌场里，每当"吃角子老虎"[①]吐钱出来的时候，上面的灯总是不断闪动；而且每吐一枚钱币，就发出

---

[①] 一种游戏的机器，投入硬币（一般叫作"角子"）后开始游戏，赢了之后硬币会被退回，而输了之后硬币会被机器"吞掉"。

一声铃响。偌大的赌场里，摆了几百架"吃角子老虎"，所以总有机器在响，使大家以为很容易赢。岂不知，在同一时间，正有多少钱被默默地吃进机器。

同样的道理，是不是有更多人因为少年时叛逆，不听父母师长的话，一意孤行，而成了失败者？

失败者多半是不出声的。

*

各位年轻的朋友！

对于你该听自己的，还是听父母的，我只能说："别问我，问你自己！如果你还不能独立、不能坚持、不能无悔，就最好别擅自'坚持'做你可能'后悔'的事。"

相反地，如果你认为你符合做主的条件，坚信自己能成为另一个比尔·盖茨，谁又能阻挡你呢？

关于规矩

# 虽然你喜欢，但是不可以

> 大家都那么画，画了几百年了，你改变它，人家怎么看？就算看得懂，也看不习惯啊！

今天你一进门就嘟着嘴说："法文老师不讲理。"

"怎么不讲理呢？"我问。

"她考法文，除了原来的题目，还出了个加分题，答对了可以再加十分。"你气呼呼地说，"我明明写对了，却只加五分。"

"加五分也不错了啊！"我笑笑。

"可是我认为应该加十分，就去跟老师争，她偏不给，所以我不高兴。"

"为什么不给呢？"我又问。

"她画了四格漫画，里面每个人说话的框子都空着，要我们自己想，自己填。我填得都对，可是老师说我的方向不对，所以只能算对了一半。"

"什么方向不对？"爸爸也不懂。

"就是从左向右看，还是从右向左看嘛！"你把考卷掏出来，指着那四格漫画，"老师说一定要从左向右看，我偏偏写成从右向左看。"

"中国人就常从右向左看啊！"我说。

"对啊！"你叫起来，"我就跟老师这么说啊！可是老师说法国人都是从左向右，不能从右向左，所以我认为老师不讲理。"

*

我当时不知讲什么好，但是现在我要跟你说几个故事。

我高二时，已经得了两次台湾地区学生画展的大奖，人人认为我是绘画天才。有一天，地理老师把我找去，说校外举行地图比赛，要我画一张来参加。我兴奋极了，回家立刻动工，先打格子、算比例，用铅笔描出"等高线"，一点点着色，用黑色的笔勾出河流和城市，再以"宋体字"写出各地的名称。

足足花了一个多礼拜的时间，地图终于完成了，怎么看都像一张印刷的，工整极了。

我得意地拿去给地理老师，猜想她一定会大吃一惊，不相信我能画得那么好。

老师打开地图，果然吃了一惊，但是接着她的眉头皱了起来："为什么原来应该低的地方是绿色的，高的地方是褐色的，你画的却相反呢？"

"我改了！"我得意地说，"您看！图例上我也改了，因为我觉得低的地方是城市，建筑物多，应该灰灰黄黄的；山上都是树木，所以应该是绿色。"

老师却把脸拉下来，说："但是大家都那么画，画了几百年了，你改变它，人家怎么看？就算看得懂，也看不习惯啊！"地理老师居然把我一个多星期的"心血"退回，连送出去试试都不愿意。

我永远不会忘记那天把地图带回教室，同学们都盯着我看的感觉。大概就跟你今天一样吧！认为自己明明做得比谁都棒，却没得到奖励。想想，你今天还拿了一半的分数，我当年却连一分也没拿到，不是更惨吗？

如果你是我，你气不气？失望不失望？

*

那件事，我气了好多年。但是，后来进入社会，愈来愈成熟，愈来愈认识这个世界，就渐渐不气了。因为我开始了解，我们是生活在人群之中的，就不得不遵守人群里许多约定俗成的规矩。

记得我在大学时代,有一次参加辩论比赛,对方因为逻辑有漏洞,我没几句话就把他给辩倒了。可是成绩出来,我精彩的演出却没得到最高分。

为什么?

因为评审老师说:"规定每人发言三分钟,你只讲了四十秒,所以要扣分。"

"我用四十秒就把他辩倒了,何必啰唆,硬拖上三分钟呢?"我不服气地问。

"因为这是规定,超过时间要扣分,不到也得扣分。"评审老师摊摊手。

\*

同样的情况,当我参加画展,参展的要求总是规定尺寸,既不能大于多少,又不能小于多少。

我也曾经去抗议:"既然是画展,就该让艺术天分得到自由发挥,一张好画,就算不过一尺大,也是好画,何必硬性规定?"

"我们几十年办下来,都这样。"主办单位说。

连出版画册我都做过一件不讨好的事,就是为了表现得跟别人不一样,要求装订厂把书做大一点儿。

画册出来，人人叫好，也在画展上卖了许多。可是画展之后，送到书店，却被退回不少。因为书的尺寸太特殊了，比标准的尺寸大了一厘米半，书店的架子塞不进去。

*

孩子！知道我为什么说这些故事吗？

我是要告诉你，在这个世界上，我们虽然可以照自己的想法去做，只要自己认为对，就勇往直前。但是也要知道，打牌有"牌理"，游戏有"游戏规则"，各地有各地的民俗，当你参加那个属于大家的活动的时候，就不能不考虑约定俗成的规矩。

中国人常说"入境而问禁，入国而问俗"。意思是当你进入一个新地方之前，应该先问问人家有什么禁忌；当你进入一个新的国境的时候，最好先了解当地的习俗。

你今天还小，还不会有这样的感触。但是当有一天，你走向外面的世界，就会逐渐了解那句话。

别为法文老师坚持漫画要"从左往右看"生气了吧！

因为那是法文啊！

说不定哪一天，你的法文老师学中文，看中国古书，就不得不乖乖跟着你，从右向左看了！

**关于取舍**

# 谁能样样拿第一

过去我什么都要最好的,当诸事临头,不但接下来,而且想要样样完美,最后非但忙中出错,还可能把自己累垮。这样划得来吗?

今天晚上,当我过去亲你的时候,你不但没亲我,还对我发出很奇怪的声音,噘着嘴说:"不要捣乱嘛!我明天要考三科。"

看你没好气,我只好赶快躲开,但是当我跟你妈妈提起的时候,她却说她去亲你,你就没"作怪"。

所以,妈妈说你把爹地吃定了。

\*

不管你是不是把爹地吃定了,爹地在这儿还是要跟你讲个道理。

你知道哥哥小时候也跟你一样,什么都想拿 A 吗?

他有一次准备一个考试，熬夜熬到四点才睡。你猜结果他考了几分？

他没考一分，因为他熬夜太累，第二天起不来，没去上课。

或许你要说，你从来都起得来床，熬夜没关系。但是你想想，前些天你碰上考试却生病，会不会就因为 K 书 K 得太狠了呢？

*

自从上初中，你就很少能十点钟上床了。

这种情况不会发生在小学，因为小学的科目统一，由导师控制。现在则是选修，常常有好多功课和考试挤到同一天，使你闲的时候没功课，忙起来又应接不暇。

这不能怪老师。

因为当你有一天进入社会，也可能今天闲死，明天累死。如果你不能在学校练就一身功夫，将来怎么应付？你必须知道怎么"积谷防饥，未雨绸缪"。

*

举个例子，我的出版社必须随时注意库存，非但不能等到空了才印，甚至在还有很多存货的时候就得提早印！

为什么？

因为接下来很可能是月底，过了每个月的二十号，印刷厂常会为印杂志而忙得不能接件。所以我们必须算，如果接下来是月底，没办法印书，仓库里的书够不够应付？不够，就得赶在二十号之前印刷。

在商场上，只有那些把"库存量"控制得恰到好处，既不积压成本又能应付市场的人，才能成功。

\*

谈到商场，你知道工厂常会因为忙中出错而被罚吗？

我就曾经在一个朋友的办公室看见他在电话里对别人致歉，表示愿意被罚钱。

那个朋友放下电话，居然笑嘻嘻的好像没事。我当时好奇地问："你被罚了钱，好像很不在意，真不简单。"

你猜他怎么说？

他说："本来就接不了那么多订单，因为怕客户被人抢走，只好硬接，当然也难免出错。这些是早就算在成本里的，有什么好在意的呢？"

＊

　　我后来常想他这几句话，甚至自我检讨过去我什么都要最好的，当诸事临头，不但接下来，而且想要样样完美，最后非但忙中出错，还可能把自己累垮。

　　这样划得来吗？

　　那位商场的朋友说得对。"只做一件事"和"不得不同时做许多件事"，你必须对自己有不一样的要求。

　　世界是公平的，每个人的时间都一样，你再聪明、再敏捷，也不可能样样完美。所以，你先得告诉自己，今天事情太多了，我不可能每样都拿 A。

　　＊

　　说到这儿，你又面临了抉择。当你不能样样拿 A，又非得应付许多科的时候，你是让一科拿 A+，其他都不及格呢，还是有些拿 A，有些拿 B 就成了？

　　这必须由你自己决定。

　　从小到大，你不是已经做过许多取舍了吗？七岁的时候，你为了学溜冰，而放弃学芭蕾；最近，又为了学小提琴，而放弃溜冰。

然后，你再为了小提琴，而把钢琴从你的"第一乐器"降为"第二乐器"。

既然你知道时间有限、精力有限，你不能什么都学、什么都好，又何必为了同时有好几科考试，有些考得好，有些考得差而不高兴呢？

*

孩子！成长是学习取舍，成熟是知道取舍。只有知道世上的事，有些办得到，有些办不到，不可能样样拿第一的人，才是成熟的人。

孩子！别总是为一下子功课太多、考试太多而焦虑不安了！只要你在闲的时候，没有浪费时间，就允许自己忙中有错吧！当爹地明天再去亲你的时候，可不许你再噘嘴作怪了。

关于偏废
# 何必当个工作狂

不"以公害私",也不"以公废公",就是尊重自己、尊重家人、尊重工作。

景气不佳,一个老学生失了业,只好去开出租车。

"直到开了出租车,才了解什么是自由职业。"他笑嘻嘻地对我说,"因为我要开就开,不开就不开,反正车本来是我的,可以当工作,也可以当休闲。"

他太太在旁边却插了嘴:

"得了吧!只怕是更不自由了,连休闲都成了工作。以前说好接我,再迟也迟不过三十分钟,现在一迟到就是一个多钟头。"

"那有什么办法?"做丈夫的一瞪眼,"路上正好有人拦车,想想时间还可以,就载了。却没想到他去的地方远,又堵车,当然会迟到。"

"下次你把计费表按下,只要空车灯不亮就成了。"我打圆场。

"我是按下了啊！可她还是不满意。"

"我当然不满意，上车先看你的一张臭脸，再看看那计费表，好像该我付钱似的。连一家人上个礼拜去阳明山赏花都按下计费表，然后一路说如果载客，能赚多少。"太太拉大声音，"太没意思了嘛！工作是工作，家是家，总不能开车带家人也按里程计费吧！"

*

她的话让我想起许多年前跟一位大明星一起吃饭。

"你们知道吗？人出了名，连吃顿饭都能赚钱，好多地方请我去，只要露个头，吃两口，就包个大红包给我。"大明星得意地说。

桌上的人却立刻有了反应：

"喂！你说这话是什么意思？难道跟我们这些老朋友一起吃饭，也要我们付你钱吗？"

明星刚要解释，却听那人的太太说话了：

"其实啊！我先生也别说人家，他自己还不是一样？每次训儿子，训一半就看表，说如果人家到他律师楼谈话，照那时间，已经要收多少钱了，好像连跟儿子说话都要计时收费的样子。"

＊

更有意思的是我一个艺坛的朋友。

有一天,大家正在他那儿聊天,却见他太太急着出门,说要找人刻印章。

"找你先生刻不就成了?"有人说,"他这么有名的金石家,难道连自己太太的章都不刻吗?"

他太太一笑:"他连自己的章都不刻!"

他倒不以为忤:"当然!我为什么给自己刻?我帮别人都来不及了,而且论字计酬,唯有给自己刻没钱拿,还不如到外面找电刻的,又便宜又快。"

＊

人们不但自己会算,还会帮别人算。

有一次到一个朋友家去。

男主人叫孩子拿在学校画的画给我看。

"真好!真好!"我看了直赞美。

"叔叔给我画!"小丫头举起彩色笔,要我画,却被她老爸一手挡了回去:"怎么能麻烦刘叔叔?他是大画家,怎么能随便画?"

"这有什么关系？"我说着接过笔，为那孩子连画了好几张。

"天哪！这要是你当众挥笔，要值多少钱哪！"老朋友在旁边一个劲儿地说，"框起来，框起来，将来卖！"

\*

谐星蒋光超过世了，媒体都报道了这则新闻。

有影剧界的朋友说蒋光超是最够朋友的人，也有人说他一生以带给众人欢笑为志向。

当然也有媒体提到当年他的儿子死了，他没回去参加丧礼，造成太太的不谅解。

蒋光超的另一个儿子则为父亲解释，说父亲虽然比较不照顾家，但因为是公众人物，属于大家，所以值得谅解。

一边看新闻，我一边想：是不是每个公众人物都该活在万人的掌声中，而把自己的家抛在一边，抑或可以像里根一样，是度假最多，又卓有政绩的美国总统？还有，英国前首相撒切尔夫人，不是照样在假日下厨，为一家人烹制佳肴，却又能打赢福克兰群岛战争吗？

\*

为了儿子回来长住有个比较舒适的环境，我最近特意找了一位设计师，重新装潢老旧的房子。

"我一共有两户，紧挨着，左边给儿子当办公室，右边当住家。"我问设计师，"是不是应该在中间开个门，使他在家里听到办公室有电话，也能赶过去接。突然想到公事，也立刻可以处理，不必开了这一户的大门，再进那一户的大门。"

"不！"设计师居然斩钉截铁地说，"家是家，办公室是办公室！我举个自己的例子，以前我就是家和公司连着，结果有时候穿着睡衣在办公室，突然来了客户。有时候又正在跟家人开开心心地玩，突然有公司的电话要接。结果家不像家，公司不像公司，要想集中工作不行，想要完全放松也不行。"

这位设计师的话多有道理啊！

会不会因为经济起飞、社会的脉动太快，使许多人变成工作狂，狂得不能停下来，一停就要心慌，狂得忘了健康，造成"过劳死"？

也会不会因为中国人一向强调"焚膏继晷""宵衣旰食"和"为公忘私"的工作态度，使许多人的家不是家，连亲情都变得现实、变得市侩？

\*

每次读《毕加索传》，看到他跟孩子们打闹玩耍，教孩子涂鸦、捏黏土，或在海滩上为爱妻撑着伞，自己跟在后面走的画面，就觉得那才是艺术家。

他懂得艺术，懂得工作，更懂得生活。他享受私生活，使自己有丰足的心灵世界，又因为这饱满的灵魂，创造出更伟大的作品。

爱自己，就是爱家庭，就是爱工作。不"以公害私"，也不"以公废公"，就是尊重自己、尊重家人、尊重工作。

如果一个成功的企业家、领导者，也能做个成功的丈夫和父亲（或妻子和母亲），不是更值得我们称许吗？

**关于接纳**
# 别把自己锁在门内

我可以不跟,但不能不知。

有一天我到朋友家去,很惊讶地发现,他正喂怀里的娃娃吃乳酪。

"我只是给她尝尝味道,让她从小就习惯。"朋友笑道,"免得长大了,怕乳酪味道,还可能因此打不进洋人的社会。"

可不是吗?在美国处处看见中国人拒吃加了乳酪的东西,说又酸又臭,令人作呕。偏偏西餐里常加乳酪,连鸡尾酒会,厨师都拿各种乳酪做点心。当我们不碰任何有乳酪味道的东西时,造成许多食物都不能吃了。

\*

相对地,洋人常是不吃海参、皮蛋和臭豆腐的。甚至在中国待上几十年的外国人,碰到这三样东西都敬而远之。

于是,中国人常拿洋人开玩笑——

"您到中国多久了?"

"十三年了。"

"您真算是个中国通了。不过,您爱吃臭豆腐吗?"

"我不敢吃。"

"对不起!您对中国文化是一通也不通了!"

这虽然是个笑话,却有值得我们深思的道理。

为什么中国人非但不怕臭豆腐,而且觉得好吃无比,西方人又视乳酪为珍馐美味,甚至不可一日无此君呢?

当我们拒绝一种食物的时候,是不是也拒绝了一种文化,甚至因此失去了许多情趣?

同样的道理,当有一个人对你说:

"我不能吃烤的,因为会上火。我也不能吃炸的,因为会泻肚子。我更不敢吃生的,因为会恶心。"

于是,你不能请他吃蒙古烤肉、美国炸鸡,更不能请他上日本料理吃生鱼片。

那是幸,还是不幸呢?

＊

我有一位邻居，专门向大工厂介绍经营理念，他对我说了一段很耐人寻味的话：

"当我去拜访时，有些工厂老板，无论多忙，都会安排时间，不但细细听，而且提出问题。相反地，有些老板只是一挥手：'我没空！'"

他语重心长地说："对于后者，我只有同情。因为他不但把我关在门外，也把他接触一个新观念的机会关在了门外。"

他的话使我想起一老一少。

"一老"是外交家叶公超。我记得就在他过世前不久还参加了台湾历史博物馆的艺术家座谈会。

满头银发的叶公超，扶着拐杖站起来，很客气地"请教"一位新潮艺术家的创作理念。他很辛苦地站着，盯着对方，十分专注地听那个比他小半个世纪的年轻人分析。

我突然有种强烈的感动，觉得眼前这位外交耆宿，虽然已经七十五岁，仍然站在时代的前端。

至于那"一少"，则是一位文艺界的朋友。有一天，她很不屑地对我批评一位二十几岁的新作家，说那作品太肤浅，真是一代不如一代。

问题是，当我硬不信邪地看过之后，却发现那文坛新秀的作品好极了。

我开始了解：

当一个人追不上时代，他表现的第一个特征，就是否定新一代。他对新一代关上门，也把自己锁进了旧时代。

*

只是令我惊讶的，是居然在新一代当中也有人患了这种"关门"的毛病。

记得一群美术系的学生曾对我说："我们很讨厌阿璧那一套。"

他们说的阿璧，是老一辈的画坛宗师黄君璧先生。

也记得某名校的一群学生得意地对我讲：

"我们是不听国语歌曲，太没水准了！"

他们岂知道，当他们这么做的时候，也是关起了自己的门。不论对下一代或上一代，只要关起门，就使自己的眼界更窄、出路更有限。

其实，我的儿子也做过同样的傻事。

几年前，当我放国语歌曲给他听的时候，他很不屑地摇摇手走了。但是，没过多久，他到了台湾，接触了台湾的年轻人，也了解了台湾音乐制作的情况。

他突然改了，说中国台湾同时接受欧美和日本的最新资讯，在音乐创作上有惊人的潜力和成就。

他为什么会一百八十度大转弯？

因为他对台湾打开了心门。

*

"试着用他们的生活方式去生活，用他们的眼睛去看他们的世界。"

在研究落后民族文化的时候，我接触到这句人类学的名言，也被它深深地影响。

我发现当我们嘲笑那些原始民族"为什么只会插鱼，不会网鱼""为什么对死人有那许多奇怪的禁忌"时，常因为我们不了解他们。

每一个民族，都是人类，都经过千万年的岁月，绵延到今天。我们会想，他们也会想。我们有我们的价值观，他们有他们的价值观。

我们应该"谅解"每一个民族的文化和习俗，都有道理。而当

我们有了"文化谅解",也就有了同情,以同一种情怀、同一个角度,去看这个世界。更可以说:

我们对世界的每一种文化,打开了心门。

\*

打开心门,真是太重要了。

无论多忙,我每天总要抽时间看报纸、看电视、看杂志,也常常借录影带回家欣赏。

看报纸的时候,我不但看大新闻,也看小小的分类广告。因为在那里,我可以见到许多"社会角落"的动态。

看电视的时候,我常换到服装表演的频道。虽然知道自己不会,也不敢穿那样新潮的衣服,但我要看看现在流行什么,我相信那流行一定有它的道理。我可以不跟,但不能不知。

看杂志的时候,我会注意"新人类"的语言,也常看看"新人类"餐厅的介绍。我会想,在那小巷里开了这么一个很新潮的咖啡店,会有怎样的"酷"人在那里聚集?又会在他们交会时,发出怎样的闪电?如同三十年前,武昌街的明星咖啡屋,产生多少文艺的火花。

至于我看的电影,常是由美国图书馆借来的。许多是法国、德国或意大利的作品，必须跟着英文字幕欣赏。

许多片子，好冷、好平、好枯燥。

许多次，我才看一下，就想关机。

许多片子，我看完十分之九，都觉得烂。

但是，我相信，它一定有它的道理，于是坚持到底地看了下去。

妙的是：看完那最后的十分之一，我一次又一次地被感动了。我发现让自己最想中途关机的，常是留给我最深印象的电影。

我真庆幸自己没有关机。否则，我就失去了自己开阔眼界的机会。我也真庆幸，自己总能欣赏年轻人的作品，表示我还年轻。

而每当我听朋友说"我不看某人的作品，我不吃某种东西，我绝不跟某人交谈"的时候，我都会对他们说：

"别将别人关在门外，也把自己锁在了门内！"

### 关于补救
## 错也是对

上一笔没写好，可以用下一笔去救。

小时候，父亲常教我写毛笔字，每当我写到一半，对其中一笔不满意而懊恼迟疑，父亲总会安慰我：

"上一笔没写好，可以用下一笔去救。练字的人，不但要会写好，还要懂得救好。因为如果你会救，就无所谓错误了！错也是对！譬如一个人写'太'字，第二笔写歪，别人认为没办法写好，却见他将最后两笔也改个角度，结果不但漂亮，而且妙极了！"

父亲还说有一次康熙皇帝出巡，到了西湖，灵隐寺的住持求皇帝写幅字，康熙原想题"灵隐寺"，但落笔时不小心，将"灵（靈）"字上面的"雨"写大了，下面纸幅有限，怎么也不可能把"灵"字写完，旁人都捏把冷汗，却见皇帝气定神闲，大笔一挥，改写为"云（雲）林禅寺"。那幅字至今仍挂在西湖，大家只觉得笔飞墨舞，是幅好字，有谁会去计较那是写错之后的权宜之计呢！

＊

　　我当时太小，听不懂，直到有一天父亲带我去看漫画家表演——

　　只见台上挂着一大张白纸，漫画家邀观众上去，随便画几笔，然后立刻根据那几笔改成一幅画。有些观众存心找麻烦，故意东勾一圈，西画一条，大家怎么想，都认为画家会被难倒，却见画家略一思索，就解决了问题。

　　我开始了解，这世上一般人认为错的事，不见得就是错，有些人不但能将错变为对，而且比别人的对还要好。

＊

　　所以在中学，我试着在作画没有灵感时，把纸折皱，摊在地上看那折痕，前看、后看、左看、右看，居然能看出许多美丽的山峦与川流。

　　后来在大学教课，我也常将纸随便"团"一下，丢在桌上，让学生运用想象去寻找美的造型。我发觉用这种方法创作出的画，常能打破自己惯用的格式，开展新的面貌。尤其喜爱临摹的学生，往往能因此而脱离古人的窠臼。

我更发现，有时候在作画之前想使用宣纸，不小心拿错了纸，却很可能因为纸性不同，产生许多意外的好效果，远非平日所能想见。

如此说来，那错，不也就是另一种对了吗？

*

最近，有位朋友得到一份新工作，但是犹疑不决，便打电话问我那个选择对不对。

"让我讲个故事吧！"我说，"某人去水果摊买香瓜，一眼看见葡萄不错，价钱更合理，便改变主意买了葡萄。但是回家打开盒子，发觉葡萄很酸，又转回摊子，换成香瓜。另有个人碰到相同的情况，但是懒得回去换，顺手将葡萄扔进垃圾箱。还有个人，碰到这情形，居然把葡萄打成汁，加些糖，成为不错的葡萄饮料。他甚至想再去买些这种别人不要而且特别便宜的葡萄来酿成酒呢！"

"谁的选择错了？"我问他，"可能谁都没错！但是有人及时回了头，有人什么水果也没吃，又有人将那错误变成了完美。对于有毅力、有恒心，只要认定方向就坚持到底的人，许多必败都成了必胜。如此说来，既然你认为那工作可以发挥，又何所谓对不对呢？"

　　从写毛笔字、画漫画，到学国画，我深深领悟了这个从错误中寻找对的道理，且用在我的生活中，经过许多坎坷、风浪，一次又一次地证明父亲的那句话：

　　"如果你会救，就无所谓错误了！错也是对！"

关于原则
# 据理力争

> 如果没有人敢挺身抗争，不公的永远不公，委屈的永远委屈。

这两天看你的神色不对，猜想一定在学校有了什么麻烦，而当你在我的逼问之下，说是因为跟新的英文老师辩论评分方法，老师词穷之后，似乎对你不满意，而不太理会你，甚至当你有疑问举手他都装作没看到时，我不得不说：

"好极了！年轻人，我支持你！"

你一定十分惊讶我这个看似老古板的人会有如此表示。但是你也要知道，与一切不合理的事务抗争到底，为维护真理绝不屈服，是我一贯的处事态度。我相信这种精神，是民主社会人人应该有的，而对于自己的信仰和真理的坚持，更是每个成功者必备的条件。乡愿可以成功，但那成功必不够伟大；狂进的人可能失败，但那失败往往壮烈。所以只要你的态度和缓，做有风度的君子之争，即使是与威权不可侵犯的老师争，我也支持。

*

记得我在高中时，虽然考试成绩不错，作业也极佳，一个数学老师却因我经常去办校刊，或代表学校外出参加比赛，以上课缺席为由，给我很低的分数，当时我甚至气得想把实验解剖的青蛙放到她的抽屉里。

当我进入师大美术系的第一天，看见教室后面挂着一幅相当好的作品，问教授那张画在系展中得了第几名时，教授说画是可以得第一，但因为这个学生总逃课，所以给他第二。我立刻表示，如果比赛是就作品来论，画得好就应该给他第一，当场使教授不太高兴。

当我初来美国，有一次在南方坐长途客运车，位子被分在最后面，上车却发现前面有许多空位时，曾立刻去售票处询问，是不是因为种族歧视，把我这个黄种人放到厕所旁边，结果获得了前面的位子。

当我放暑假返回中国台湾，发现我们住的大楼在管理上有许多不合理之处时，我曾立刻邀集了两位住户，分别拜访一百多家，成立了管理委员会。其间遭遇许多阻力，连同楼住的亲戚都反对，认为我多管闲事。

*

正如你所说，老师的评分方法不公平，虽然同学们都不服，却不敢说，只有你提出来，并逐项与老师辩论。

随着年龄的增长，你会发现有道德的人不少，有道德勇气的人却不多。问题是如果没有人敢挺身抗争，不公的永远不公，委屈的永远委屈。所以我支持你做一个有风度的抗争者。

在此你要注意，我说"有风度的抗争者"，那"风度"是极重要的。当我们看美国总统大选辩论时，评论员往往把辩论者是否从头到尾面带笑容这件事列为优先。也就是说，即使在你激动而义正词严的时候，也要保持思路的清晰，而且对事不对人，尊重那些与你抗争的人。

**因为你争的是理，不是去毁损对方的人格。**

*

当然我也必须告诉你，作为一个带头的抗争者，往往也是最早牺牲的。我曾经在学校里因为跟两位教授辩论而失去做全 A 毕业生的机会，也曾经被"死当①"而几乎无法毕业，我还是小学六年级班上两个被美术老师打手心的学生之一。

但我并不恨他们，因为如果我自己理直，他们没有风度接受，是他们的错；如果我理屈，则我自己应该反省。

在强烈的抗争之后，冷静地思考一下，作为改进或激励自己的一种方法，总是会有收获的。

而我自己今天做教授，常被学生气得里面冒火，却不得不压下来，并回家自己思索，何尝不是由学生时代的经验中，得到了"同理心"。

我自己绝不会因为学生据理力争而扣那个学生的分数。我可能一时不高兴，但不会一直不高兴，尤其当我知道学生对的时候，更得感谢他的指正，甚至佩服他的勇气。我确实可能不喜欢他，但不能否定他，因为在未来的茫茫人海中，放出异彩的，往往不是书呆子，而是这种具有风骨与胆识的人。

所以只要你能心存恭敬，以学生应有的礼貌举出自己坚信的道理，就算这一科"死当"，我也为你竖起大拇指，并希望你从愤

---

① 挂科。

懑不平中激发力量，未来在这一科有出色的成就。相反，如果因为老师不讲理，就使你意兴阑珊，放弃努力，你只能成为一个真正的失败者。

露出开朗的笑容吧！或许那老师明天也会对你这个不平凡的学生露出赞赏的笑。

关于退路
# 预留退路

"退路"何尝不是另一种"进路"？

今天当我知道你把设计一个多月才完成的电脑资料借给同学，自己却没留底，真是吃惊极了！因为我发现你犯了一个不为自己留后路的严重错误。

记得我在你这个年岁，初参加登山队的时候，每次在树林里遇见岔路，领队总命令我在路边折一根小树枝，指向来时的方位；至于草木不生的荒山野岭，则叫我四处找小石块，排列出先前道路的指示标记。

每当我看见队伍已经离开，而自己仍在四处找石块时，都抱怨这无谓的做法。直到有一天，大伙在深山里迷了路，无法到达终点站，而不得不退回原路时，才改变了我的想法。

当时天色已经转暗，我们不得不以最快的速度撤退。大家几乎是用跑的方式穿越密林，而每当遇到岔路口，我立刻通过断枝的记号指出方向，使全队能及时退到安全地点。而我，这个总在后面做指示标记的小子，居然变成当时的领队，全队的安危竟系于我一身呢！

你说，那折树枝与排石块，能说是无谓的举动吗？何况对你而言，只是将电脑碟片插进机器，用不了几秒钟就可以拷贝完成的事了！

\*

谈到拷贝，我又想起影印机，自从它普及之后，许多人都"不可一日无此君"。但是如果你做个统计就会发现，人们影印的东西，实际大部分都没有绝对的必要。他们付款之后，常把账单留个影本，送出各种申请表格之前也总是影印留底，信件更是影印存档，甚至做成好几份影本分送相关人员。我们可以说，不影印，事情不会停摆，但更可以讲，由于件件存底，便于查考，使繁忙的事务能被安排得有条理，也做得更顺。尤其重要的是，当送出的资料遗失，因为存有影本，而能获得补救。

所以，影印机普及之后，挂号信的数量便减少了，这并非由于平信的邮误降低，而是因为寄信的预留了退路。

*

退路就是这么简单，它只是退一步想，做一个相反的假设。譬如办游园会时设遮雨棚，跳伞时带备用伞，飞机上准备逃生器，高楼设置防火梯。虽然没有人希望用这些东西，即使用，也不见得百分之百管用，设置时反而增加许多麻烦。但是，毕竟退路可以使你不至于一败涂地，而为你在绝望时带来希望。如此说来，"退路"何尝不是另一种"进路"？

我有一个朋友，带着他画的心血之作，坐飞机出去展览。临行，他交给妻子一套作品的幻灯片，说："如果飞机失事，我与作品俱焚，就把这些幻灯制版印刷出来，为我的绘画生命留个见证！"

希望你能思考这几句话，有一天了解，退路不仅是为活着的时候，也为死了之后；不仅为有限的生命，也为千古的事业！

人世间怎能那么完美呢？就因为不完美，上帝才有事做；就因为有罪，才有十字架。所以人带有原罪并不表示无药可救，正因为这样，我们活着才有追求。

第五章

当困难缠着你，
干掉它

Chapter 5

THROUGH ADVERSITY
TO THE STARS

### 关于自重
# 问问你自己

当你觉得父母总在后面盯你，令你不自在的时候，也要想想，是不是因为自己不够主动？

你能想象高中时，我借书给同学的一个经验，竟会影响一生吗？

那只是一本参考书。借给他，也不过两天。但是当书被还回来的时候，我翻一翻，跳了起来。

为什么？

因为"他"在书本空白的地方做了许多涂鸦。

我问他为什么这样做，他居然理直气壮地说："你不是也涂吗？我看你涂，所以也画几笔。"

\*

我后来常想他的这几句话，发现别人确实总跟着你的脚步走。

你的家里乱，朋友来，也可能随随便便。

你家里一尘不染，朋友来，也会十分小心。

餐馆里吵，来的客人就跟着扯开嗓子喊，变得更吵。

餐馆里安静，大家也就尊重这份安宁，都轻声细语。

甚至我在四川的九寨沟都发现，在路上乱丢果皮、烟蒂的游客，进入九寨沟风景区，因为连车子都被规定在入口处做一番清洗。那些游客进去也就谨守规矩，连说话都小声了。

*

自从有了这番领悟，我常利用这个道理来处世。

譬如跟朋友聊天，我会先问清对方是否还有其他约会以及约会的时间，到时候就算他说"没关系"，我也坚持结束。我发现大家也因此很尊重我。

教学生画画，每个礼拜学生来上课，总会看见我在墙上挂着新作；修改学生的作品，即使他画得马马虎虎，我也一丝不苟。学生看老师用功、认真，自然也都很用功。

房子大翻修，除了监工，每天晚上我还会制图说明我的看法以及我建议的做法，然后传给包工头看。

在院子里，我只要看到有野草就拔起来；见到有断落的枝子，也把它们捡作一堆。工人和园丁发现我自己动手,总是加倍认真。

我发现,**要别人认真,最好的方法是我先以身作则、一丝不苟。**

*

印象最深刻的,是为我印刷画册多年的印刷厂。

十几年前,那还是个中型工厂。有一天,他们向政府申请参加国际印刷大展,政府单位的官员在电话里说:"你们得先把印刷作品拿来审核,过关了,才能参加。"

临挂电话,又问一句:"你们印过谁的东西?"

"刘墉的。"

那位政府单位的官员居然立刻说:"那就不用送审了,你们已经通过了。"

当印刷厂老板告诉我这件事的时候,他笑道:

"跟严格的客户合作,虽然做的时候辛苦,但是也在不知不觉中进步啊!"

如今那家印刷厂已经成为股票上市的大厂。

想想,我不是也曾尽过一番力,他们帮我,我也帮他们吗?

＊

　　因为你抱怨乐团里有好多同学不认真，所以我说这些故事给你听，告诉你：

　　如果你发现别人不够尊重你，或希望别人与你合作的时候能够特别认真。你要做的第一件事，就是先尊重自己，而且加倍认真。

　　同样的道理，当你觉得父母总在后面盯你，令你不自在的时候，也要想想，是不是因为自己不够主动？

　　"人必自重而后人重之，人必自侮而后人侮之。"

### 关于武断
# 你怎么知道人家早下班了

*最大的冒险，是不敢冒险。*

有一阵子我在台北的办公室非常忙，经常加班到晚上七八点钟。有一天晚上将近八点了，我发现有一家新成立的公司似乎可以合作，就叫助理拨电话过去。

我的助理一笑，说："刘老师，你知道现在几点了吗？人家早下班了。"

我问她："你怎么知道人家早下班了？"

助理说："当然，现在都八点了，只有我们还在加班。"

我又问她："既然我们能加班，为什么别人不能加班？"然后，坚持叫她拨电话。

电话居然通了，我喜出望外，先幽默地说："真不简单，你们还上班哪！"

对方也很幽默地说:"是啊!你如果不认为我还上班,怎么可能打电话过来呢?你也在上班吗?"

结果我们发现双方都是很拼命、很讲求效率的。接着谈合作,居然两三下就谈成了。

\*

再说个故事。

有一天我一个人在办公室写稿子,突然电话响,接起来,是个学生打来的,想邀请我到他学校演讲。

因为被打断了写作的文思,我有些不高兴,问他:"你知道现在几点钟了吗?你怎会想我还在办公室呢?"

学生说:"因为白天打电话,您的秘书都说您不在,我就试试晚上打,说不定走运,您会在。果然找到您了。"

结果,我因为那阵子忙,本来已经不接演讲了,这学生锲而不舍的精神感动了我,我居然答应了。

\*

我提这两个打电话的故事,是要说:世界上能够异军突起、有了不得的成就的,往往是那些"明知不可为而为之"的人。

所以西方有句谚语——"最大的冒险，是不敢冒险"。许多人失败，不败在他没能力、没经验，常败在他不敢尝试。甚至像前面我提的助理，在我要尝试之前先很武断地说："人家早下班了！"

相信大家都读过《论语》里孔子的"毋意、毋必、毋固、毋我"，意思是不要臆测，不要武断，不要固执，不要什么事都以自我为中心。

当你该打电话的时候，你不打，还找借口，说人家一定下班了，就是臆测和武断。当你发现自己先前的看法错了，还坚持不改变，就是自以为是的固执。

要知道，很多领导人都是屡战屡败，又屡败屡战，化不可能为可能才成功的。他们看事情的态度非常积极。

当他打算外销鞋子到落后地区，如果你说："不可能成功的，因为那边的人都不穿鞋子。"他会很反感地问你："为什么不说那是太好的市场了，因为大家都没鞋子穿！"

\*

再举个真实的例子。

有一天我跟一对夫妻去吃日本料理。丈夫说他要喝咖啡，还没问服务员，太太已经笑了："老公啊！你是吃日本料理，人家只有茶，不会有咖啡的。"

丈夫反问太太："你不问，你怎么知道？说不定就有。"

接着，把服务员叫来问，果然，有咖啡，而且很快就端上来了。

那太太挺尴尬，问服务员："奇怪了！我记得不久前到你们这儿来吃饭，我要喝咖啡，你们说只有茶，没咖啡，为什么今天有了呢？"

那服务员说："就因为上次您问咖啡，我们没有，想到可能有些客人需要，所以很快进了一套煮咖啡的机器。"

这件事，给我很大的启发。那丈夫是"明知八成没有，还要问"。太太是"想必没有，认为不必问"。餐厅是"既然客人有需要，就不能固执地坚持卖日本料理的就不卖咖啡"。

那不正是"毋意、毋必、毋固、毋我"最好的例子吗？

\*

这让我又想起在一本美食书上看到的真实故事——

有个公司以重金招聘两位创意人才。从几百位应征者当中，选出了四个人，每个人都有非常好的学术背景和专业经验，让这公司的老板很为难。

老板决定跟这四个人吃饭，聊聊天，感受一下哪两个比较适合。

四个人都点了牛排。没多久，牛排端上来了。

其中两个人先撒了一些盐，才开始吃。另两位则先吃了一口，才拿起盐罐撒了些盐。

就从这个撒盐的动作，老板决定了他要的人。

各位猜，是哪两个？是牛排上来，没吃，先撒盐的，还是尝一口才撒盐的？

答案是，后者。

正如老板后来说的："如果你没吃，怎么能武断地认为一定不够咸？就算你十回有八回吃到的牛排都要加盐，你也应该先试一下。我要的是有创意的人，是能在没有机会中找机会、在绝望中找希望的人，而不是自以为是、独断专行的人。"

*

同样的道理，让我们再回到打电话的主题，如果今天你老板叫你在怎么想对方都早已经下班的时间打电话过去，你能武断地说不吗？

"明知不可为而为之"是成功者的重要特质啊！

## 关于专业
# 不是玩票

"我们是用人的地方，不是训练人的地方！"

昨天晚上，当我叫你预习即将比赛的演讲时，你先是不肯，后来则勉强应付，既没有预习上台的动作，结束时又伸出舌头，使我恼火地拍了桌子，你则吼着："我只是个学生，在练习！"

当你冲出门去，我可以听见你愤怒而沉重的脚步声，更听见重重一击的声音，想必你捶了墙壁一拳。

对于你态度的恶劣，我原本要立刻发作，但是由于你母亲过来劝说："他只是个学生，你不能当他是职业演说家或记者一样训练。"才使我平息火气，决定写这封信给你。

\*

我在学生时代，有一次参加各大专院校的联合话剧演出，排演时一位女同学因为背错台词而笑了起来。这原属十分平常的事，但奇怪的是，此后每当她演到这一段就忍不住地笑，惹得其他演员也跟着笑。

导演火大了，命令她不准笑，可她就是忍不住。直到正式演出，她明明叮嘱自己"绝不能笑"，大家也不断警告她不要笑，她居然还是笑了出来。

闭幕后，她独自坐在后台痛哭，没有人知道该怎么安慰她，只因为她一次的不慎重，将这种笑带入潜意识，使整场戏都受到了影响。

我至今仍记得临走时导演的吼声："不要以为你们是学生演员就可以马虎，要知道你们是在演一场真正的戏，大家也是来看一场真正的戏！"

当我刚进入新闻圈时，有一位报社的资深记者对我说："不要看我今天这么成功，想当年做实习记者时，可受尽了侮辱。有一次送上一篇稿子，主编看了之后，叫我拿回去重写，他伸手做成要将稿子递给我的样子，却故意不等我接到就松手了，稿子一下子滑到女同事的桌子底下，我趴在地上，从她的脚旁边把稿子捡起来……"

*

再说个亲身经历给你听吧！

有一回"中视"招聘电视记者，许多人都无法通过播报新闻那一关，原因是他们不适应龙飞凤舞的新闻稿。

我当时抱不平地说："记者为了赶时间，字多半写得潦草，连资深主播都得花一段时间适应，何况这些初出校门的年轻人，我们何不印几份特别清楚的稿子给他们？"

你知道新闻部经理怎么回答吗？他说：

"我们是用人的地方，不是训练人的地方！他们早该在学校里做好专业训练；进来之后，就是面对千万观众，难道还让他们在每天播新闻前来个预演吗？"

*

听完以上三个故事，你有什么感想？

**敬业的态度，是从小就要养成的。你可以因为能力不足而出错，却不可因为自己是学生而马虎。**尤其在今天，学校与社会是没有明显的界线的。社会人士为了追求新的资讯，常回学校进修；学生没有毕业，也就能成为社会的中坚力量。过去人们会因为你是学生而让你，今天人们对你的要求只怕还更高。

记住那位新闻部经理说的话："我们是用人的地方，不是训练人的地方！"从现在起训练自己，且训练出可以"被用"的专业才能与专业态度！

### 关于计划
# 坚持做你自己

"I know what I am doing."（我知道我在做什么。）

你奶奶在世的时候常说我的考运好，又讲："这一定是因为祖上的阴功、父母的德行、自己的努力。"她还有个好笑的迷信说法，说我考高中的时候考场在成功高中，所以我考上"成功"；考大学的时候考场在师大附中，所以我进了师大——要是我的考场在台湾大学，就一定进台大了。

每次你奶奶这么说，我都回她一句："不可能，因为我一共只填了四个志愿，根本没填台大！"

当年大家都填几十个志愿时，我确实只填了四个，而且其中有三个是美术系。好多老师都说我开玩笑，但我知道自己在做什么，我知道我要的是什么，别人很难影响我。

＊

　　我念书也一样。你一定听说过，我以前因为搞社团、参加演讲比赛，常休公假不上课，中间又因病休学一年，所以成绩很烂，初中高中时都常常不及格，要靠暑假补考及格才能免于留级。

　　我参加学校的模拟考试也从来没上过榜，唯一一次榜上有名，还是备取。

　　问题是，高中我考上成功中学，大学上了师大，那些每次模拟考试都金榜题名的同学反而多半不如我。

　　你猜，那是因为什么？

　　那也是由于我知道自己做什么、自己要什么，我有自己的读书计划。就像联考填志愿，我不理会别人，只要自己认为对，就坚持走下去。

＊

　　譬如模拟考试，从初三上学期就开始考，每个月一次，每次都有一定的范围。但因为学校给的范围太大，第一个月，考一年级教过的全部；第二个月，考二年级全部内容；第三个月，考一、二年级全部内容；第四个月，连三年级教过的一起考。

但是我功课本来就烂，一年级、二年级没好好念，不可能准备好，所以我读书的进度总是落后，当模拟考试已经考五本教科书的时候，我才准备了两本，也因此每次都落榜。

只是，我并不在乎同学嘲笑，也不理会老师骂，我自己有计划好的进度。我用"剩下的日子"除以要准备的科目数量，算出每一科能用多少时间复习，到考试正好可以看完。

结果，我成功了。

那些天天上补习班好像很棒的同学反而有很多失败了。

*

后来我和那些失败的同学讨论，得出个结论——他们失败，败在没有自己的计划，而一味赶模拟考试的进度。

他们拼命赶、拼命念，好像都念得很熟了，模拟考试也都得到高分；问题是他们没有精读，每次复习时，翻一翻课本，画得红红蓝蓝，写得密密麻麻，好像都没问题；等到真正"上战场"，却发觉对许多东西已经不那么确定。

加上好多同学每天赶两班车去老师家补习，还要到学校上课，体力透支太多。老师有时间考，没时间教；学生有时间"学"，没时间"习"——好像只顾吃，却没本事消化，当然不可能健康。

那些去老师家补习的同学，又因为老师"放水"，把学校将考的题目先做过一遍，每次都考得好，在学校可以傲视群侪。他们甚至活在一个假想的"已经金榜题名"的世界，等到面对真正的考卷，才发现好多东西没学到。

所以有很长一段时间，我是反对学校办太多模拟考试的。我觉得模拟考试固然该办，但不能早早办；就算早办，也要细细规划，不能一次考太多，宁可让学生像砌砖墙，一块一块来，到时候正好砌成一堵好墙，也别早早就做成像入学考试一样，涵盖三年教学的全部内容，造成学生拼命赶进度，结果博而不精。

*

近年来，我在台北学乒乓球，也有这样的感触。刚去的时候，我自以为已经打得不错，只要学学削球、搓球、杀球就成了。没想到教练一切从头来，连我哪只脚应该在前都管。打球的时候更麻烦，什么"大臂小臂""大框架""松执拍、活运腕""卡磨提举"……一堆术语，我甚至觉得他把我当小娃娃一样教。

问题是一路学下来，我硬是有了新的领悟；回到纽约，跟老球友比画，硬是令人刮目相看。想想，教练按部就班的教法不也跟我准备高中和大学入学考试一样吗？

＊

求学最忌躁进，为学最忌随俗，处世最忌盲从。

我非常欣赏美国人常说的"I know what I am doing"（我知道我在做什么）。那句话不是在别人劝说时用来做挡箭牌的"自以为是"，它真正的精神是认定目标，锲而不舍地做下去。

孩子，你知道我为什么说这许多吗？

那是因为我听你妈妈讲，你看宿舍里别的同学练习，发现他们的进度比你快，你怕自己太慢，有些忧虑，所以我隔海传真这封信给你。

只要你自认尽了最大的力，只要你有自己的计划、一定的进度和自我要求，就不用管别人。

我又要引一句你奶奶的话了——一听打鼓就上墙头的孩子，不可能有了不得的成就。

靠自己去成功！

你是你，坚持做你自己，最后的成功一定属于你。

关于方法
# 一开始，就不让它错

当一群人竞争的时候，哪种人能获胜？当然是"错得少的人"！

今天下午我请你帮忙包画册，你居然把沉重的书由地下室抬到二楼，再打开冷气和电视，一边看热门音乐节目，一边蹲在地上包书。

当我很不高兴地指责你，为什么把书运上楼，又采取那么吃力不讨好的姿势包书时，你态度欠佳地说：

"你怎么不想想，我在包过几十本之后，自然会想出比较好的方法？而且我不在乎上下搬，我有体力！"

\*

对于你贪图冷气和电视节目这一点，我不打算多说，却要严正地告诉你：做事之前不计划便匆匆下手，心想可以从错误中摸索的态度，在三十年前或许可行，用到今天却错了！

你或许要说:"从错中学有什么不对?"

那么我要问,为什么不一开始就做对呢?

当一群人竞争的时候,哪种人能获胜?当然是"错得少的人"!这就好比开车,在不赶时间的情况下,你可以说:"慢慢找嘛!错了再掉头,总会碰上的!"但为什么不想想,如果先看好地图,勾出路线,你就不必慢慢找,也就不必掉头。于是省下了时间,可以做些其他的事!

*

时间!这正是问题的重心。三十年前车子少,你可以掉头,今天处处是单行道,只怕你错过一个出口,就要用很长的时间才能回去。而且车子多,你漫无头绪,容易出车祸。你没看见连出租车里都贴着条子,不接受"原地回转"吗?结果这"慢慢找"是既误时又不安全的。

如此说来,为什么要匆匆行动呢?

你今天就犯了这毛病!

在这个一切讲求效率的时代,不先计划就匆匆动手的人,未行动之前,已经注定了失败!不了解敌情就匆匆出兵的人,在未开枪之前,已经注定了战败,而那战败,很可能便是死亡。

我曾在报上读到一条新闻，有个人离奇地死在车子的驾驶座上，头则伸向窗外，被电线杆和自己的车身夹得血肉模糊。调查的结果是那人在黑夜倒车，头伸向窗外，想看清后面的路，结果路还没看清，先倒了车。

这不就是匆匆行动造成的惨剧吗？

*

记住！今天这个时代与三十年前完全不同了！农业时代靠口传心授知识和勤奋练习得到技术。但是现在科技通信发达，你就算完全没有认识，也可以获得足够的资讯；即便毫无技术，也有适当的机械供你使用。所以人们可以在完全不摸索的情况下就找到捷径，获得成功。

换句话说，那等着从错误中摸索的人，则必然要面临落后和失败的命运！

*

请不要说你现在还小，所以要跟着大人慢慢学。因为十八岁已经不小，今天这世界上许多年轻人二十岁不到便崭露头角，丝毫不让成人专美于前。他们有风格、有魄力、有经验！

哪里得来的经验？

书本上！电脑中！自己的分析实证！

现在的科技能用电脑模拟核试验，能在室内制造浪潮和强风，能在模拟飞行器里训练飞行员，能在电脑上演奏交响乐！

那些年轻人正因为知道使用科学辅助，加上没有过去工作的包袱，敢于让自己的想象力驰骋，所以能有惊人的成就！

"英雄出少年"，这句话说了千百年，今天却比过去任何时候都正确！我们甚至可以说：少年不成英雄，后面的路将更难走！如同一大群人赛跑，如果你不能一开始就冲到前面，只怕因为前面挤满了人，即使你跑得快，也无法发挥！

*

现在回到本题！你知道我们台北办公室的一个工人，一天能包多少本这样的书吗？

四百本！而你呢？七本书竟包了半个小时！

为什么有这样大的差异？

因为他们运用桌面和墙壁顶着纸盒，不让它滑动，再准确地贴上胶条。在工作之前，先研究了方法，所以能有最高的效率！

"从错误中摸索"，这句话已经过时！今天我们要说：

"用思想！用方法！用工具！从一开始，就不让它错！"

关于风格
# 建立独特风格

独特的风格往往并不是由许多十全十美的东西所集合的。

"对门的马瑞诺,不过十七岁,但是他组建的合唱团已经出了唱片,而且由全美国最著名的公司发行呢!"你在餐桌上艳羡又似乎不平地说,"其实马瑞诺的那一套,我比他强得多,他弹琴的技巧差远了!只是按按电子琴键而已。至于作曲,我也早就会……"

好!现在让我说个故事给你听,我今年夏天在中国台湾,有一天看歌唱综艺节目,主持人突发奇想,叫一位以声音高亢著称的名歌星跟后面的和音者较量一下谁的声音高,结果起初几个音还难分高下,后来在不断提升起音音调的情况下,和音的女孩都毫无困难地通过了,名歌星却应付得愈来愈艰难,结果声嘶力竭地败下阵来。

当时好几位一同看电视的朋友都说:"真逊!名歌星还不如和

音天使，只怕改天要让贤了！"

问题是，那位名歌星还是继续走红，且唱出许多叫好叫座的歌；而那位和音者还是站在台侧，偶尔被拍到几个镜头而已。

*

我相信，和音的那个女孩子不仅长得不差，声音又高，她读谱的能力和对乐理的了解，大概也都在名歌星之上，但是为什么出头的却是看来较弱的那一位呢？

答案是：因为那位名歌星有她独特的风格，而独特的风格往往并不是由许多十全十美的东西所集合的。甚至可以说，有些独特的风格，从某个角度来看，反而是一种缺陷。譬如伊秉绶和金农的字，如果拿到中学交书法作业，只怕要得乙下；马蒂斯和塞尚如果参加早期学院派的美展，恐怕也会被踢出来；连那绰号"蚱蜢王子"的华人歌手李恕权，我都怀疑他若参加合唱团，会不会因为嗓子太哑而挤不进去。

*

可是，这些人都成名了！这又使我想起美国一位著名的模特儿，她是被一个并不特别的男人从乡下提携的，真可以说是飞上枝头,成为获得数百万年薪的凤凰。当有人问那个提携她的男人是如何"慧眼识英雄"时,他回答道:"虽然她并不极漂亮,但是当我带她走进拥挤喧闹的场合时,发现人们都看她,于是知道她有一种特殊的吸引人的地方。"

这特殊的吸引力,就是每一位成功艺人的要件。所以当你比较自己与马瑞诺时,不能只拿单项的条件来比,而应该注意他整体的特质,进而建立属于你自己的风格。

此外,我们真该为马瑞诺高兴,过去我总觉得这个孩子有顽劣的倾向,所以限制你与他交往。但是最近发现他变得很有礼貌,这是因为人们越获得别人的尊重,越懂得尊重自己。所以我们应该祝福这位曾令我们头痛的邻居,且分享他的光荣。

关于创造
# 给我一张白纸

"多有意思的东西,上面什么也没有,可以让我去创造。"

打电话给一位从事编剧的朋友,问她的近况。

"接了一档戏。把原作改编成脚本,但是原作简直不能看,读来读去,说有多烂就有多烂。"她回答。

"真可怜!"我同情地说,岂知她居然笑了起来。

"有什么可怜呢?应该说是走运!假使原作写得烂,我编得也烂,才叫可怜。相反,如果我能把剧本编得好看,怎么能说可怜呢?"她把声音放大,"原作愈烂,编剧可以发挥的地方愈多,所以是走运!"

放下电话后,想想她的话,倒觉得有些人生的哲理。

\*

以前读过一则笑话：

"十字路口新来了一位英俊的交通警察，住在附近的一对姐妹都挺心仪。有一天姐姐才进家门就高兴地说：'那警察对我真好！看到我过街，就换绿灯。'

"接着妹妹回来了，也高兴地讲：'那警察一定喜欢我，因为他看到我要过街，就马上改成红灯，让我等久一点儿，好多看看我！'"

\*

妻在美国大学的入学部做系主任，常说那是全校最忙的部门，别的部门都闲得没事，她的部门却喘不过气来。

我说："劳逸不均，谁愿意到你的部门呢？"

"错了！"妻笑道，"就有那么多人宁愿从轻闲的部门调过来，因为事情愈多，愈表示自己有存在的价值！"

\*

记得初到美国时，每次欣赏盛开的山茱萸花，美国朋友总会说：

"四个瓣的花,像十字架,所以每个花瓣的边缘都被天使烧了一个焦焦的缺口!"

那些山茱萸花瓣上,确实都有个灰褐色边缘的缺口,活像是被烧过。然后美国朋友就会强调:**人世间怎能那么完美呢?就因为不完美,上帝才有事做;就因为有罪,才有十字架。所以人带有原罪并不表示无药可救,正因为这样,我们活着才有追求。**

在美国,经常可见到一对父母带着好几个残疾的孩子,每个孩子的残障不同,人种可能也不一样:原来是认养的。

当许多亲生父母为了所谓"自己的幸福",把残疾的子女丢给社会救济单位,甚至从此再不去看一眼,只当孩子不曾存在过的时候,居然有那些主动去背负十字架的人。

\*

我的小女儿很喜欢画画,当我看到杂志上美丽的图画,常会剪下来给她。令人不解的是,每个成人都会喜欢,甚至愿意框起来的图画,那三岁的娃娃居然不爱,她宁愿要一张白纸,她有自己的道理。

"人家都画好了,还有什么意思?"

年轻与世故,差异会不会就在这儿呢?

小时候当别人拿给我们一张白纸时，我们会好兴奋、好兴奋地接过，并去找自己的蜡笔。然而在二三十年之后，当别人交给我们白纸时，却失望地丢在一边："无聊的东西！什么也没有！"

我们为什么不用儿时的眼睛去看、去想："多有意思的东西，上面什么也没有，可以让我去创造。"

我们是何其巧合地生在这个时代——一个伟大却不完满的时代，一个有许多十字架需要我们背负的时代！

能背负这十字架，多么有幸！

关于经验
## 多抓几把豆子

如果你今年只有一场演出,你成了就全成了,败了就全败了,你会多紧张?但假使你今年有十几场演出,你还会那么计较吗?

今天晚上,我从台北打电话给纽约,妈妈说她刚跟你通完电话,你的情绪不太好。原因是上课时,老师叫了四个学生上去表演,第一个就叫到你,你原本练得非常好,但是上台却表现不佳。

孩子!我发现你一直有患得患失的毛病,而且从小就看得出,每次完成重要的考试,你回家总不高兴,说自己考坏了,可是成绩出来,却往往是全班甚至是全校最高的。

今年春天你考纽约州的音乐等级考试也一样,回家之后闷闷不乐,说自己拉错了一个音。爸爸妈妈都说你是瞎操心,后来果然证明如此——你考了一百分。

其实我也不能笑你,因为我也有这毛病。从小到大,我总是低估自己，每次参加联考，回来都认为完蛋了，放榜之后却又常有意外的惊喜。

大概这就是凡事都往坏处想的悲剧性格吧——

大晴天办活动，还要准备帐篷，唯恐突然下雨；买回一条新裤子，总要细细检查裤裆，唯恐没缝好，出去穿了帮；上车之后要多检查两次车门，唯恐没关好，一转弯就摔出门去；明明是太平盛世，又有社会福利，还总要在银行存许多钱，以备不时之需。

这患得患失的悲剧性格，确实常会使我们不开心。可是从另一个角度想，能总是退一步、未雨绸缪不也是优点吗？一个人如果能常常不安，常常自觉不足，从而处处反省、多多充实，不是可以有更大的进步吗？

*

当然，悲剧性格也可能造成坏的影响。譬如，当大家都欣赏淡水河上的月夜星空时，他可能会慨叹河水被污染；当大家都欢庆比赛胜利的时候，他可能会开始担心下一次比赛。更糟的是，许多人一边考试、比赛，一边悲观。于是一个考生可能才写几道题，碰上不会的，一紧张，下面原本会的也不会了；一个溜冰选手，可能才在第一个三周跳摔了一跤，就不断在心里念着"完了！完了"，造成恶性循环，而连着摔跤。

所以，**悲剧性格可以有，但要利用它来强化自己，而非将"不安"累积，到最后压垮自己**。我们常说要"拿得起、放得下"，有悲剧性格的人，最要学习的就是在比赛之前"悬空"，比赛之时"拿起"，比赛之后"放下"。我不止一次说"总回头的人不可能跑得快"，就是这个道理。

*

如前面所说，我从小也有患得患失的毛病，你猜我是怎么学会放下的？

相信你一定记得我曾经举过一个例子——

罐子里装了上千颗混合的豆子，白色和黑色各占一半。当你只抓起三颗豆子时，可能会二白一黑或二黑一白，也可能三颗全是黑的，或全是白的。但是当你一次抓一大把的时候，数下来，黑白的比例就会跟一比一差不多了。

从这件事中我发现，如果怕自己临场失常，演讲讲不好、考试考不好，不能显示自己真正的实力时，最好的方法就是多讲几场、多考几次、多试几回。

你想想，如果你今年只有一场演出，你成了就全成了，败了就全败了，你会多紧张？但假使你今年有十几场演出，你还会那么计较吗？

　　这场失败了，没关系！反省改进之后，接着还有一场。渐渐地，你觉得那演出、比赛或考试都成了家常便饭，你当然不会紧张，实力也就当然能发挥了。

　　我看过一个女孩子，连着几年不断参加选美比赛，屡败屡战。当时我暗想，她就长得这个样子，怎么比也不会变得更漂亮，甚至一年比一年老，何必呢？

　　问题是那女孩子一次比一次进步，一次比一次台风稳健，一次比一次表现得好，她硬是被选上了第一名。

　　孩子，你想想，连多参加选美比赛都能愈来愈有进步、愈来愈能展现实力，何况音乐表演了。

　　所以我建议你，一次抓一大把豆子，尽量参加表演，一有机会就上台，而且就算表现不佳，也立刻把那懊恼与自责放在脑后，接着迎向下一个演出，你自然就会愈来愈稳了。

我们确实可能打了一场很烂的人生球。幸亏它很精彩。回忆中一点儿也不比别人逊色。

第六章

当别人拿"第一",
恭喜他

Chapter 6

THROUGH ADVERSITY
TO THE STARS

关于怨恨
# 这世界公平吗

> 怨恨只会让你更偏激、更不理智,甚至造成更大的失败。

今天,你一进门就嘟着嘴说,你参加学校诗社比赛居然没得奖。

接着就见你上楼,在浴室里擦眼泪,一边哭一边说连美国诗人刊物都收录你的作品,学校里的比赛却没得奖。还说英文老师讲你写得很好,同学也说棒,认为你绝对会得奖,一定是中间出了什么问题。

"会出什么问题呢?"我问。

"说不定诗被弄丢了,没到评委的手上。"

"你把诗交给谁了呢?"我又问。

"交给了英文老师。"你说,可是又讲你已经问过英文老师,老师说早就送进去了。

"那你要不要去查,去一关一关地问,或是问问评委老师有没有见到你的诗?"我说。却见你一跺脚,不高兴地讲:"问有什么用?比赛已经结束了,课都结束了,我都毕业了,就算诗真的丢掉了,找回来,也晚了。"

*

孩子,这下我就要说你了。当你觉得有问题、不高兴,或者不服气,你只有三条路可以走——一是去追查,看有没有失误;二是不在乎,认为查也没用,犯不着浪费时间;三是好好检讨,是不是自己有弱点却不自知。

你既不高兴,又不愿意去查,还不检讨,自己在这儿生闷气有什么意义呢?这不是积极的人生态度啊!

而且,你说比赛结束了,查也没用。这话显得你太利己,有些自私。你怎不想想,如果查出是有人遗失了文件或比赛的规则不合理,甚至要那该负责的人认了错、道了歉,不是可以使主办人员警惕,让以后参加比赛的人不再吃亏吗?

这就好比前段时间学校刊物上有涉及歧视的文章发表,为什么中国家长要那么气愤,甚至把新闻登上了报纸?他们不是也可以说文章已经发表,争也没用吗?

他们争，是为了让老师和学生警惕，以后不要再随便刊登有种族偏见的文字，使以后的少数民族子弟能不吃亏啊！

　　还有，你不断地说不公平、不公平，比你的作品差的作品都得奖了，你却没列名。我对你说的"不公平"也有意见，如果是别人把你的作品搞丢了，那不能算是不公平，那只是"错误"；只有当你参加比赛，别人故意贬抑你的作品时，那才叫不公平。

　　而且，我要问你，这世界上真是样样都公平吗？

　　为什么有些人漂亮，有些人丑，有些人高，有些人矮，有些人能一目十行，有些人却十目都看不了一行，有些人家财万贯，有些人寅吃卯粮，有些人生在贫穷战乱的地区，有些人生在富裕安定的地区？

　　这世界本来就不公平啊！

*

　　说件事给你听，我在台北时有个小女生对我哭，说她毕业应该可以得到市长奖，但是因为每个学校有一定的名额，其中一个给了家长会会长的孩子，另一个给了有脑瘤的小孩，结果把她挤了下来。颁奖时，她在乐队里演奏，看着成绩不如她的同学领了奖，眼泪直往肚里吞，她觉得太不公平了。

我一边听，一边眼泪也要掉下来。但是我听完之后，对她说：

"你要想想那个得脑瘤的孩子多可怜！他得那么重的病，动了那么多次手术，还能有不错的成绩，真是不简单。就成绩而论，他比你差却列在你前面，确实不公平。但是从另一个角度想，一个才十二岁的孩子就长了脑瘤，上天不是也不公平吗？你怎不想想自己幸运的地方而感恩呢？"

孩子，你愈大，愈会发现这世界上有许多不公平。对那些不公平，你或是强力去抗争，如同美国黑人争民权一样，用上百年去争取；再不然你就要把那愤怒化成力量，在未来有更杰出的成就，以那成功作为"实力的证明"，也用那成功对你的敌人做出反击。

但是记住：

你可以化悲愤为力量，但你不能怨恨，因为怨恨只会让你更偏激、更不理智，甚至造成更大的失败。

### 关于旁观
# 不必在乎

如果因为羡慕别人打五层楼地基的成绩，或被那庆祝落成的鞭炮声扰得心慌意乱，只怕你就没有资格去盖五十层的大楼了！

不知你是否注意到，当你练琴的时候，我很少坐在旁边，甚至可以说，我故意避开。明明我在场，你会弹得特别卖力，为什么我反而躲开呢？

答案是：就因为你弹得特别卖力！

我发现当我在别的房间时，你会一小节一小节地反复练习，磨那些细微的地方，但是只要我一走近，你为了表现，往往立刻加快速度与力量，弹出华丽的段落。

问题是在那震人的琴音后面，是不是只有贫乏的内容与浮面的技巧？

*

　　这使我想起初中到公园里参加写生比赛,当有人围在我身边看,为了让画面显得漂亮,以博取赞美,我也有操之过急的毛病,结果在不该渲染的时候渲染,在该打背景的时候却画了前景,在画的过程中固然可能看来比旁边同学的好,完成的作品却是失败的。

　　渐渐地,我知道不必把围观者放在心上。因为他们如果不是内行,那品头论足的言语,根本没有价值;即使他们说得有理,也只能做个参考,毕竟作画的是我,不是他们。

*

　　这也使我想起大学毕业那年,主演话剧《武陵人》,在头一场戏之后,有位演员高兴地拿着报上的剧评宣读。编剧张晓风女士却淡淡一笑:"何必介意别人写什么,首先要想想,那写评论的人有多少分量。他如果说好,值得我们多高兴?他说坏,又能减损我们什么?"

　　当时,我十分诧异于这位谦虚敦厚的女作家,居然说出那么狂傲的话。但在事后想想,却觉得这正是一位艺术家应当持有的态度。

＊

无可否认，人有群性，听到大家鼓掌，常在没弄清楚什么事情之前也便跟着鼓掌。

问题是，如果我们处处听别人的，哪里还有自己？

即使是自己，也不能完全听自己的！这句话听来矛盾，其实有大道理。这是因为我们都有天生的弱点，譬如缺乏耐性、拖延、懒散。

当我们想开始做一件事的时候，那个"爱拖延的自己"很可能会说："不急嘛！明天再做不迟！"

当我们画一张画时，明明知道色彩要一层一层慢慢涂，那个"缺乏耐性、急于求功的自己"却可能会催着说："快！颜色上重一点儿，你看不是比较好看吗？"

问题是：事情可能一天天拖下来了，那画上的颜色可能在最后变得太深。这些错误，实际上都是事先可以避免的，就因为那天生的弱点，打乱了我们原有的计划，反而遭到失败。

＊

记得我上高一的时候，每次写作文总是虎头蛇尾，写不到三百字就草草结束，成绩自然不好，而坐在我后面的一个同学却回回拿高分。有一天我把他的作文拿过来细细看了一遍，才发觉除了破题，还要正面谈、反面谈，再加综合结论。

"真累啊！"我说。

可是就在我耐下心试着一边写，一边告诉自己"别急"，终于写完一篇长文交上去之后，成绩便一下子跃升。当我拿着发回的作文簿，看着那可爱的"甲"和美好的评语时，心想：原来得高分并不难，就是别急！

*

对！就是别急——不要急着在人前表现自己，更不要因为心急而破坏了自己应有的计划！

如果你想盖五十层大楼，需要打五层以上的地基；如果你只想盖五层楼，那么打一层的地基就成了。

最重要的是，如果你是前者，必须知道：当别人的五层楼完工时，你的地基可能还没打好。如果因为羡慕别人打五层楼地基的成绩，或被那庆祝落成的鞭炮声扰得心慌意乱，只怕你就没有资格去盖五十层的大楼了！

如果处处都在乎别人，哪里还有自己？

如果不能克服自己天生的弱点，如何战胜别人？

### 关于教训
## 愈烧愈发

> 那背水一战、非赢不可的态度，使我能一气呵成。

相信你已经听说，昨夜暗房里发生了"惨案"，我不小心使得拍好的底片全"漏光"了！

当时在伸手不见五指的屋子里，我只记得将片夹里的片子拿出来，就匆匆忙忙地打开灯。一盒敞着盖子的底片赫然呈现在眼前，当我突然警觉，立即把灯熄灭时，我的手脚顿时冰凉了，坐在漆黑的暗房里，一颗颗豆大的汗珠从额头冒出来。我知道，虽然只是一秒钟的错误，却已经迟了，前面十几个小时的工作全在那一秒钟的灯光照射下报销。

*

但是紧接着我走回画室，将摄影机重新架好，那已经是深夜三点钟，只是为了给画册分色，不得不拍好，并在天亮时赶去冲洗。

我心里焦急，却又不断地提醒自己不能焦急，因为只要有一个小小的步骤出错，就会影响整个进度。

我的身体是疲惫的，却不敢对镜头打一个哈欠，因为即使一小滴口水和一小片污渍，都会影响摄影的品质。

我像是一架机器，以稳定的速度来回奔走于画架、灯光、摄影机之间。奇迹般地，当我把那十八张画重新拍完的时候，居然天才微微亮。

或许前面十几个钟头里调好的灯光、量好的角度、调好的光圈、整理旁边的画作和已经熟练的技巧，是使我能缩短工作时间的原因。至于最重要的，则应该是那背水一战、非赢不可的态度，使我不再像白天拍拍停停，而能一气呵成。

当然，即使是现在，每当我想起那一盒完全漏光的底片与工作，还是满怀遗憾的。问题是，谁让自己不小心？发生的已经发生了，补救的也已经补救了，把那失误当个教训，把前面的工作当作练习，不也可以吗？

*

我倒要看看那漏光会导致怎样的结果，所以把弄坏的底片也送去冲洗。你知道吗？当我把冲好的漏光片拿出来时，旁边其他的摄影家都笑:"漏光了!"

"你们怎么知道不是底片制作不良,而是漏光?"我故意问他们。

"因为我们都干过这种事!"大家又哄笑了起来。

这些笑的人都是纽约的专业摄影家,他们不是也曾经抱着头,坐在暗房里手脚冰冷地流下豆大的汗珠吗?

大部分看来满盘赢的人,都可能遭遇过满盘皆输的场面;几乎每张成功的笑脸背后,都有失败的泪脸。而可以肯定的是,他们都能擦干眼泪,爬起来,继续迎向战斗,否则就是真正的输家了。

*

记得我十三岁那年,家里失火被夷为平地的时候,许多朋友都安慰地说:"从头来!愈烧愈发!"其后,我总是想到这句话,不懂为什么烧光了财产,反而能愈发达。难道重起的炉灶能胜过那薪火不断的老炉老灶吗?

但是随着年龄的增长,我一次又一次地见到了这种收拾残局、重建江山的人。我曾经遇到过一位姓刘的日本侨领,当他从中国逃往日本的时候,失去了很多家产,夫妻二人以卖小吃为生。他们穷到只买得起一台电风扇,拿出去给顾客吹,自己则忍受着高温在后头煮面；过度的工作和湿热狭小的厨房，使他的两腋生满了痱子，甚至因为两肘的摩擦而流下脓水。

可是二十多年后，他已经是拥有连锁餐馆近百家、营业额达上千万美元的富商。前半生失去的财富不但补回，而且更多了。

*

我也认识一位曾经惨败的企业家，居然从卖铅笔等办公用具做起，一步步再度站到企业界的巅峰。

当然我更看到了战后的日本和德国，从战败的烽燹中重建，居然有了经济仅仅略次于美苏的成就，甚至引得世人怀疑："到底是谁打输了第二次世界大战？"

我终于了解，失败所摧毁的往往只是表面的东西，如同烽火击垮的往往只是建筑物的上方，失败者那坚强的意志、建筑物底下的基础、工业家所有的技术、企业家所有的理念，是很难被摧毁的。

*

于是，当"老顽固"眷恋旧设备而迟滞不前的时候，重起炉灶的人却能推平废墟，做全新的规划。他们是很艰苦，但是艰苦激发更强的意志与潜能。他们面对的是一片空白，但这也是能让他们任意挥洒的机会。他们的昨日，是有着许多失败痛苦的记忆，但那失败正可以使他们免于重蹈覆辙。如同我十多个小时工作的成果报销之后，却能以短短两个钟头补回，且做得更好！

**那满盘皆输能算是真的输吗？那何尝不是另一个成功的开始？**

在你未来的人生，可能会有同样的遭遇，希望在你心灰意懒、手脚冰凉、满头冒出豆大的汗珠时，能想到我的这些话！

**关于遗憾**

# 人生何必重新来过

无论甜或苦，我们都走过来了。

一位从来不碰股票的朋友，第一次进场就赔了钱，真可以用"伤心欲绝"来形容。

"本来想赚一笔，没想到，才买就大崩盘，赶快认赔杀出。"朋友低着头说，"可是才卖，隔两天又涨了。"听声音，他几乎要哭出来，"你知道，我就这么一点儿钱，一下子赔掉三分之一，气得真想跳楼。"

"你当时为什么不等两天，看看情况再脱手呢？"我问。

"就是啊！我就是后悔，骂自己为什么那么急着卖，如果等两天，不但不赔，现在还赚了。"他狠狠地敲自己的膝盖。

我拍拍他："如果时光倒流，你完全不知道后来会涨，现在又回到崩盘的时候，我问你，你是不是就不卖了？"

他想了想，抬起头，盯着我说："我还是会卖。"

"为什么？"

"因为我年岁大了，孩子还小，我不能不为孩子留个老本。"他突然变得很肯定，"我不能冒险！"

"这就是了！"我说，"时光倒流，你还是一样，又有什么好后悔的呢？"

他先没说话，突然笑起来："是啊，有什么好后悔的呢？"

*

以前办公室有位女职员，长得很漂亮，但是命很不好。

"要是当年我爸爸不那么早死……"总听见她对同事说，"我也不会休学，不那么小就去做事，不会碰上那个浑蛋，不会十九岁就带个孩子，不会又被甩了，成现在这个样子。"

她很聪明，学得快，动作快，又有耐性。几个主管常私下讲："她要不是高中都没毕业，真可以让她升上来。"

最近又遇到她跟几位老同事，我就请大家一起去喝杯咖啡。

算账的时候，我把账单抢过来。她在桌子另一头笑道："二十三块，对不对？"

我吓一跳，说："你真厉害！"

"我很聪明的。"她歪着头,"你不是早知道吗?"

"是啊!"我感慨地说,"当年要不是你父亲死得早,说不定今天当教授了。"

她没搭话。别的同事却接过话:"她现在不谈以前了。"

"对!"她咬着牙说,"我儿子刚考上布朗士科学高中,你知道吗?有了他,我很满足。"想了想,又加一句,"如果重新来过,也不会有这个儿子,不是吗?"

\*

看电视节目《真情指数》,主持人蔡康永访问知名作家柏杨。

"我只因为一行字,被关了九年二十六天。"柏杨回忆过去那段被迫害的日子,深沉地,一个字一个字地说,"失去了自由、健康和人格权……"

"如果把那十年牢放在你面前,你是不是就不写了?"蔡康永问。

柏杨一笑:"不写不可能,这是命中注定的,个性造成的悲剧。"

\*

有一年暑假,我搁下台北忙碌的工作,飞到安克拉治,与从纽约飞去的太太、儿子和女儿碰面,再一起游阿拉斯加。

不知是否在桃园机场吃坏了,从上飞机就开始胃痛,而且一路痛下去。

饭后胃痛特别厉害,天气愈冷愈糟,仿佛有把尖刀在胃里绞,吃什么药都不管用。

夜里,躺下来就更痛了。痛得浑身冒冷汗,湿透了睡衣和床单。但我忍着,不吭气,听一双儿女的鼾声。

就这样,我躲在厚厚的羽绒服里,陪着一家人,从安克拉治坐汽车、坐火车、坐船,游了一个又一个冰河,去了北美最高的麦金利山,再转往北极圈的费尔班克斯。

十几天的旅行结束,回纽约看医生,才知道是胆囊炎。

"早不犯晚不犯,"我对医生抱怨,"为什么难得一家人旅行的时候犯了?"

"很危险,当时要是破了就麻烦了。"医生笑,"不过,你不是也玩下来了吗?"

"玩下来了。"我回家对妻子说,"一路痛苦地玩下来,为了补偿这次的遗憾,我改天要重走一次。"

转眼,两年过去了。常想到那次"痛苦之旅",常把当时拍的照片拿出来看。

每一次按快门,记忆中似乎都是在疼痛中按下的,摄下了妻子儿女的笑。

妙的是,我居然没有漏过任何精彩的景色,即使在风雪中游冰河的那天,仍然站在甲板上拍下许多很好的画面。

我开始自问:我漏掉了什么?有什么遗憾?我只是少吃了几餐美食,少睡了几个大觉。其实什么壮阔的风景,我都没错过。

甚至可以说,因为在痛苦中,那冰河的冷、硬、蓝,变得更悲壮,更让我印象深刻。

也因为我忍着剧痛,做了牺牲,使我对家人更多了一种特殊的爱。

\*

想起有一次跟朋友打网球,正巧以前的教练经过,我就问他:"你觉得如何?"

"很烂。"他扮个鬼脸,"很多该接到的都没接到,很多该赢的没赢。"接着对我喊,"但是很精彩!"

"这是什么意思?"我追问。

"有些人的球打得好,两边在底线抽来抽去,好,但是不精彩。"他笑道,"你们两个虽然技术不好,却很拼,所以跑来跑去,很精彩。"

我常回味他的那句话——
打一场很烂却很精彩的球。

*

我也常回味那次阿拉斯加之行，觉得那就是一次很烂却很精彩的旅行。

人生就像这么一场球、一次旅行。

我们可以遭遇很坏的情况，命很苦，表现很差，该赢的都没赢。

但是，在那苦难中，我们也坚持到底，度过几十年的岁月。看着大时代的变迁，看着恋人的来去、子女的成长、世事的繁荣与萧条。

无论甜或苦，我们都走过来了。如果有悔，想想，再来一次，只怕还是一样；如果有恨，想想，那恨的人与事也将随着我们凋零。

我们确实可能打了一场很烂的人生球。

幸亏它很精彩。

回忆中一点儿也不比别人逊色。

而既有的已经有了，既失的已经失了。在我们的阴错阳差中诞生的下一代，已经成行成荫了。

人生啊，就是如此，已经完满！

何必重新来过？

### 关于急躁
# 不焦躁，不回头

　　如果你注意观察，就会发现强势的生物都出奇地冷静。

　　今天我看美国网球公开赛的时候，你过来瞄了几眼，说："奇怪，这个戴芬波特为什么没表情？她赢球没露出特别高兴的样子，失分好像也不在乎。"

　　当时我笑笑，对你说："就因为她没得失心，所以能成为世界顶尖高手。"

　　不过，话说回来，她真没得失心吗？

　　只怕得失心一点儿也不少，否则她不会四处征战多年，只是当她比赛时，必须把心态放平，如果总为上一个球没打好而懊恼，恐怕下一个球也得失利。

　　我发现很多顶尖高手在场上都这样。

　　曾经在网坛叱咤风云的"山大王"桑普拉斯就这样，即使发出漂亮的"爱司球",脸上也了无喜色。

还有老虎·伍兹,我记得他在 2000 年圆石滩职业 / 业余配对赛时,到最后一天早上还落后七杆,下午居然反以两杆赢得冠军。采访时他对记者说:"我完全没有感受到什么戏剧性,因为当时只专心比赛,我关心的只有怎么打好下一杆。"

\*

比赛到最后常常比的是"心理",谁能承受较大的压力,发挥原有的水准,谁就能获胜。

**对!只要发挥原有的水准。**

因为比赛时容易失常,能保持原来的水平就已经不错了。你看世界溜冰大赛,选手练习的时候,是不是个个神勇,连名不见经传的都能连着三转跳。但是到了正式比赛,面对满场观众和电视转播,却又一个接一个摔跤。关颖珊不是有一阵子都猛摔,最后找了心理医生,才克服了障碍吗?

\*

除了在场上要冷静,比赛前的冷静也是重要的。

你记不记得今年年初我们在北京时,有人在席间谈到中国太空人杨利伟。说上太空的前一晚，有人偷偷到他房门外听，里面传出呼呼大睡的鼾声。第二天，太空船穿出大气层，那最危险的时候，杨利伟的心率居然也不过每分钟七十几下。

　　最近我在报上看到郝柏村的儿子郝龙斌回忆，当年他父亲辞掉台湾地区行政主管部门相关职务的那天夜里，也是酣睡如常。

*

　　如果你注意观察，就会发现强势的生物都出奇地冷静。像是你养的螳螂，有一次我们让它在高高的喇叭箱上爬，不小心摔落到地板上，发出咔一声，你以为它摔伤了，拿起来不是若无其事吗？

　　还有，前几天我在湖边"钓鱼台"上拍到一只老鹰，大家都称奇，说我怎能拍得那么清楚。其实我是近距离摄影。当我靠近时，那老鹰居然十分镇定地看着我，连我用闪光灯都不怕，甚至朝我走了好几步，找到最恰当的位置，才起飞。

　　我们可以说，因为它们"艺高胆大"，所以能"临危不乱"；也可以讲，在物竞天择的过程中，因为它们处变不惊，所以能战胜对手，成为昆虫和鸟类中的强者。

前面我讲的都是情绪的镇定。除此之外，你要知道"身体"的安静也是重要的。

想想，如果一张弓总被拉满，即使不用时也用东西撑开，它能有力量吗？

当然没有！它平常必须放松，平平的，到张弓射箭的时候，才能表现最佳的弹性。

所以好的选手，无论他是运动员，或作文、演讲比赛的高手，在他比赛之前，甚至前一阵，都会特意让身体休息。只有在练习或真正比赛时，才使出全力。

*

我最近看体育新闻报道，说休斯敦火箭队的教练范甘迪对姚明提出建议，要他学会分清楚轻重缓急；不管什么事，只要影响到他打球，都应该说"不"。

范甘迪为什么这么建议？

我猜八成是因为姚明处世圆融，处处怕得罪人，不好意思说"不"。

问题是，当他不知道说"NO"的时候，属于自己的时间和空间就减少了；当他有一天失败，只怕最先对他说"NO"的却是那些当初要他说"YES"的人。

\*

中国人常说"静如处子，动若脱兔"，我发现许多人冲力惊人都因为从不浪费体力。有些人甚至在动静之间判若两人。

我以前有个学画的女学生就如此，她上课时羞羞怯怯，好像连有问题都不敢开口，但她居然是有名的演艺天才。有一次，我看到她在台上又唱又跳，简直不敢相信自己的眼睛。

其实大明星都这样，早年我当电视记者的时候，有一回去韩国釜山的亚洲影展进行采访。在后台，只见那些演员一个个静静地坐着，一点儿都不出色；但是轮到出场，就摇身一变，神采飞扬。

我后来常想，那些明星所以在台上能魅力四射，都因为私底下尽量收敛自己，积蓄发光发热的能量；他们的"动若脱兔"，来自"静如处子"；他们的"一鸣惊人"，来自"不鸣则已"。

\*

孩子！未来你会面对许多大的考试、大的比赛。希望你能记住我说的这番话。在竞争前保留体力、保持宁静；当别人叫阵时，不焦躁；在别人获得掌声时，不浮躁；当前一刻失利时，不回头！

希望你能静中取动、败中求胜，不忧不惧地坚持到最后一刻。

关于变通
## 你能不能睡柴房

> 只是你也要知道，这世界并不都那么整齐与完美啊！

今天下午妈妈去学校接你，车子才转进我们家的巷子，就见你的校车正由巷子里出来。

"天哪！如果你坐校车，比妈妈接你还快。"妈妈说。

却见你一撇嘴："可是我不能搭校车。"

"为什么？"妈妈问。

"因为我赶不及。"你理直气壮地说，"我要先去整理我的柜子，把不用的书放好，还要把该带回家的东西拿出来，等我弄完，校车已经开走了。""那么别的同学为什么赶得上呢？"妈妈又问。你耸耸肩。

听你这么说，我紧张了，不是紧张你慢，而是发现你缺乏弹性。

*

你什么东西都要整齐、完美，这原来是很好的个性，使你能精益求精，比别人有更严谨的自我要求。只是你也要知道，这世界并不都那么整齐与完美啊！

举个例子，如果你今天穿得很干净、很漂亮去旅行，中途遇上大雨，满地泥泞，你能因为怕弄脏衣服就不走了吗？如果你是中途遇上豪雨，当大家都决定冒雨前进的时候，你能坚持一个人留下来，等雨过了、地干了，才动身吗？

这世上没有绝对的事，最近我看了史蒂芬·威廉·霍金（Stephen William Hawking）的《果壳中的宇宙》（*The Universe in a Nutshell*），谈到"相对论"的实验，发现在一个水塔的顶端和水塔的下面，测得的时间都不一样。

连"光"都可能因为"引力"而弯曲，连时间都没有一定的长短，难道你的时间反而是不能调整的吗？

不知道你有没有读过《诗经》里"深则厉，浅则揭"这句话，意思是当人穿着衣服过河，水浅的时候还能把衣服拉高了涉水过去，但是如果水太深了，怎样都无法避免弄湿，就只好穿着衣服下去了。

连古人都不能不看情况调整处事的方法，你又能那么不知变通吗？

*

还有，不知你记不记得，我每次看到昙花开放都会急着写生，那时候就算早有别的工作计划，我也会搁下来。

为什么？

因为昙花难得绽放，绽放的时间又那么短暂，别的事可以等，花却不能等啊！

尽管如此，我拿着写生册，坐在花前，也要考虑优先顺序。通常我画花，都由最左侧开始，为的是避免先画好右边再画左边时，手腕会弄脏先画好的东西。可是画昙花就不能这样了，我一定由"花"开始画，就算有叶子挡在花前面，我也"让开"叶子，先画花。

这又是为什么？

因为昙花一现，两个多小时过去，花就开始凋了，相反地，叶子却不会有什么变化。所以我常在前一夜画花，第二天才画叶子。

想想，连画花这么一件小事，我都要做许多对"优先顺序"的考量，你是不是也应该常这么想想呢？

＊

再说个有意思的故事给你听——

当我到成功岭服兵役的时候,因为吃饭慢,每次去盛第二碗都发现只剩锅底了;等我把锅底刮了又刮,盛半碗饭,回到桌子旁,又发现已经没菜了。

后来我才学会,在部队中大家"抢着吃"的情况下,第一次只能盛半碗,吃前半碗的时候要尽量吃菜,早早把前半碗饭吃完,好早早去锅里盛饭。

我那时候真是很不适应,因为跟你一样,我是家里唯一的宝贝,从小没人跟我争。我吃饭也跟你一样,总把最好吃的部分留着,到最后才吃。

你说,换作你,有一天跟人家去抢、去争,如果坚持用在家里吃饭的方法,是不是也可能吃不饱?你又能不像我一样,改用一开始只盛半碗的方法吗?

＊

孩子,这世界是充满竞争的。你千万不能因为自己幸运,就把幸运当成习惯,因为幸运不是总留在我们身边。你必须时刻告诉自己：今天我能做"豌豆公主"，明天我也能睡柴房；今天有妈妈来接我，我可以好整以暇，慢慢收拾东西，明天妈妈不能来接，我也能改成早早就利用休息时间，把第二天要用的东西安排好，放学时只要打开柜子，放下一堆再拿起一堆，就赶往停车场。

只有这样，你才能称得上"能屈能伸"；只有这样，爸爸妈妈才能放心，你有一天离开家，才不会吃大亏。

### 关于坚忍

# 反败为胜

能忍人所不能忍者，必能成人所不能成。

这是一个发生在美国新闻圈的真实故事，仿佛是个奇迹，却有它的因果。

麦克是电视记者，由于口齿清晰，相貌堂堂，反应又快，所以除了白天跑财经新闻，晚上还播报七点半的黄金档，按说事业应该一帆风顺，却因为人不够圆融，而得罪了他的直属上司——新闻部主管。

"麦克报道新闻的风格奇特，不容易被一般观众接受，以后不准播黄金档，改播晚上十一点的收播新闻。"新闻部主管突然在会议中宣布。

所有的人都怔住了，麦克当然更大吃一惊，他知道自己被贬了，但是极力让自己镇定，甚至做成欣然接受的样子，说："谢谢长官，因为我早盼望用六点钟下班后的时间进修，却一直不敢提。"从此麦克果然每天一下班就跑去进修，并在十点多赶回公司，预备夜间新闻的播报工作。他把每一篇新闻稿都先详细过目，充分消化，丝毫没有因为夜间新闻比较不重要而有任何松懈。

\*

渐渐地，夜间新闻的收视率提高了，观众的好评不断，与此同时观众也有了责难，为什么麦克只在晚上十一点播，不播黄金时段的晚间新闻？一封封信寄到公司，终于惊动了总经理。

"麦克为什么只播十一点的新闻，却不播七点半的新闻？"总经理不高兴地把厚厚的信件摊在新闻部主管的面前。

"因为……他晚上六点钟以后有课，所以拒绝播报晚间新闻。"

"叫他尽快重回岗位，我下令他播晚间新闻。"

麦克被新闻部主管"请"回了黄金时段主播，并在不久之后被选为全国最受欢迎的电视记者。

"虽然麦克是学财经的，但是由他采访财经新闻容易产生弊端，以后改跑其他路线。"心中愤恨难平的新闻部主管终于想出修理麦克的办法，并故意当众宣布，给他难堪。

对跑财经新闻已颇有名气的麦克来说，这简直是当面的侮辱，不单蔑视他的专长，而且侮辱了他的人格，麦克怒火中烧，心在滴血，但是他压了下来，他知道只要自己爆发，就落入敌人的圈套，所以，他默默地承受了。

*

日子一天天过去。

"后天有领导来公司参加晚宴，请麦克作陪，比较有的谈。"某日总经理打电话给新闻部主管。

"报告总经理，麦克已经不跑财经新闻！"

"不跑也得来参加，他是专家，饭后由他做个访问。"

从此，每有重要的财经界人士到公司去，都由麦克作陪，并顺便专访。渐渐地，外面的观众甚至里面的同事都耳语着：麦克现在是大牌了，只有要人才由他出马，不重要的，则全由别人接手。而每一个曾接受麦克采访的人都以此为荣。没由麦克访问的，则有了怨言。

"不能厚此薄彼，以后财经新闻一律由麦克跑，别人不要碰。"总经理终于下了令。

麦克被"请"回财经记者的位子。

*

电视界掀起了记者兼做益智节目的热潮，麦克获得13家广告公司的支持，决定也开办一个节目。

"我不准你做。"连吃两记闷棍的新闻部主管板下脸来对麦克说，"因为我打算要你制作一个新闻评论类节目。"

"好极了！"虽然麦克知道新闻评论类节目极不讨好，收入又微薄，仍欣然答应。

"你真是太笨了，这是主管在整你，把热山芋丢到你手上，钱既少，事又难，加上要赶时间，你麻烦大了！"麦克的亲友都提出警告，为他担心。

*

果然，第一集，中午才录完影，下午新闻部主管就认为内容不妥，不准播出。而节目的时段已定，使麦克疲于奔命地不得不赶做另一集来替代。但是他没有怨言，仍然做得十分带劲，有人说他傻，他只是笑笑。

渐渐地节目上了轨道，有了名声，参加者都是一时的要人。

"以后每一集脚本都请麦克直接拿来给我看！"总经理又下令

给新闻部主管,"为了把握时间,由我来审核好了,有问题也好直接跟制作人商量!"其实真正的原因是总经理发觉上节目的常常都是重要官员,他必须亲自到门口迎接。

于是,从此麦克每周都有直接与总经理当面讨论的机会,对许多新闻部门的兴革也往往征求他的意见,他由冷门节目的制作人、烫手山芋的持有者,渐渐成了热门人物。而且,一年之后,他的节目获得了政府的颁奖。

两年后,原来的新闻部主管调职坐冷板凳,新任的主管上台,正是麦克。

麦克一次又一次地成功了,原因是当他遭受打击时,不论那是多么无情、无理,他都能秉持对自己的信心与敬业的态度而默默承受。如果他自怨自艾,一蹶不振,或在一气之下拂袖而去,怎么可能雪耻,又怎么可能出头呢?

能忍人所不能忍者,必能成人所不能成。麦克为这两句话做了最好的注解。

巅峰只有一点点，容不下许多人站，不仅遭遇的风大，而且旁边难有扶持。所以，受不了风寒与孤寂的人，就无法成为天才。

第七章

# 当 PASS 卡属于你，
# 握紧它

Chapter 7

THROUGH ADVERSITY
TO THE STARS

### 关于定位
# 成功始于定位

> 上天把人生得不一样，人就要以不一样的方法去利用自己的长处。

最近跟几个女学生聚会。听她们讲话真有意思，譬如她们会把结了婚的同学一个一个拿出来比较，比较那些女生大学时候的择偶条件与后来嫁的人的匹配度。

各位猜，结论是什么？

是女生们嫁的往往跟她们早先定出来的条件非但不合，而且恰恰相反的人。譬如某女生说，她将来的丈夫身高最少得一米八，没有近视，家里有钱，后来却嫁了个身高一米六五、一千度近视的穷小子。

最后，还没嫁的女生说："我们不敢再去挑剔别人了！只敢挑剔自己，先照照镜子，为自己定个位。"

\*

　　小学的时候，我读过一篇课文——《伟人从小就看重自己》。它对我产生了很大的激励作用，使我从小就设定了较高的理想。但是今天，再读这篇文章，我却觉得一个人固然要"看重自己"，更应该"认识自己"。

　　认识自己并不难，我们甚至可以说，每一种生物都认识自己。你看！那长角鹿和长颈鹿，为什么宁可在旷野吃草，或伸着脖子啃稀稀疏疏的树叶，却不进入丛林？因为它们知道，善跑的长腿，到丛林就没了用武之地，善于远远眺望、躲避猛兽的颈子和长角，进入枝叶交错的树林，反而成为累赘。

　　再看看老鹰，为什么它们总把巢筑在悬崖上的树梢，而不像一般鸟类，在树林里筑巢？它们又为什么爱在空旷处的高空盘旋，却不进入密林寻找猎物？好吃的小动物，不是多半藏在树林里吗？因为它们知道巨大的翅膀不适合在密林里翱翔，把巢筑在树林里，山雀都能偷袭它的小鹰。

　　还有世界上跑得最快的动物猎豹。你晓得它们最快的速度只能维持一分钟，然后就得花上二十分钟才能恢复吗？我看过一部非洲野生动物的影片，猎豹追一只鹿，鹿不断改变奔跑的方向，减慢猎豹的速度。突然，猎豹停住了，因为没有力量再跑，那只鹿居然逃脱了。

*

人也一样啊！我在小学时有一位同学，个子不高，力气却奇大。在桌上比腕力，他几乎所向无敌。但是后来，有人发现了他的弱点，就是跟他比力气，你要拼命撑着，别让他一下子压倒，只要你能不被他按在桌子上，撑个二三十秒，再拼命一扳，就能反败为胜。果然，只要撑到最后一刻，那个常胜将军就不堪一击了。

我也记得有一次看拳击赛，评论员说的一番妙语：

"对付穿蓝裤子的，只要你能在五局之内不被他打倒，就八成能赢了。对付穿红裤子的那个，只要你在八局之内不把他打倒，你就九成要输了。"

那场拳击赛简直是相互挨打的比赛，前面几局穿蓝裤子的拳如雨下，后几局穿红裤子的占尽优势。我心想，为什么穿蓝裤子的不保留一点儿体力到后面，穿红裤子的又何不在前面多花点儿力气？但是看到结尾，穿蓝裤子的倒在了地上，让我想到那位小学同学。我知道他没有错，因为他知道自己是在短时间内爆发力够，却没有持久力的那一种类型，对方则恰恰相反，他当然得发挥自己的长处，攻击对手的短处。

每个人都有所长，也有所短。短跑高手，不见得能长跑。马拉松健将，八成参加百米竞赛会不堪一击。上天把人生得不一样，人就要以不一样的方法去利用自己的长处。如果你不认识自己，就八成会输。

*

我常感慨地想：一个人从小到大，不断筑梦。到底是愈筑愈美，还是愈筑愈惨？幼年时，你可能立志将来做领袖。少年的时候改了，说自己要当医生。上了高中，功课实在跟不上，又改口要做艺术家。等有一天学了画，才画几笔就被老师涂掉，于是脑袋空空地走出来，又试着筑另一个梦。我们认识的自己是永恒的吗？还是随着岁月的改变，我们每天都该认识自己、评估自己，甚至为自己"定位"？

如果有一天，你到好莱坞去，走在星光大道上，你会看见很多高级夜总会，珠光宝气的明星穿梭着。你也可能看见那夜总会的旁边有脱衣舞酒吧，里面一群色眯眯的人，围着几个发光的大圆桌子。桌子上有美丽妖娆的年轻女子，一件一件脱，脱得一丝不挂。据说那些女孩很多都是满怀明星梦，去好莱坞淘金的。只是，有些被发掘了，跃上名利双收、万人称羡的银幕，有些去演了"三级片"，又有些，走上色情酒吧的舞台。

有位好莱坞的影星经纪人说得好——"到这里，第一件事是认识你自己。你可以把自己高估，等着星探惊艳，连配角都没演，就一下子成为主角。你也可以坐冷板凳，一年年等下去，行情一点点下滑，最后去跳'牛肉场'。再不然，你就先别太高估自己，而从跑龙套干起，好好表现，慢慢往上爬。"

*

在中国台湾地区也一样。当我在电视公司上班的时候，就总是不平。为什么有些年轻人从演员训练班学起，几年下来也跃不上屏幕？又为什么有人连摄影棚都没进过，却一下子被发掘，突然当上主角？

制作人给我的答案很妙："有幸，有不幸。你如果自认为真有才华，是凤凰，就可以摆谱，非枝头不站。如果没有把握，就由树根爬起，说不定有一天也能站上枝头，变成凤凰。"

这也让我想起以前念美术系的时候一位教授说的话："作为一个画家，画价可以由你自己定。你可以自视很高，才毕业，一张画就卖十几万块。你也可以很保守，由一万块钱起标。但你知道，你定价高可能几年也卖不掉一张，有一天突然大红，成为名家。至于标价低，可能供不应求，但从起初就被定位成'市场画家'，一辈子翻不了身。"

他最让我难忘的一句话是："记住！从一开始就认清自己的能力，再为自己定个价。如果定错，很可能会影响你一生。"

每次看见自视甚高的朋友，一再拒绝不合他的理想的职位，终于怀才不遇，或是在生活的压力下，放弃半生的坚持，做了很屈就的选择，我都想：一个人应该先看重自己，立志成为伟人呢，还是应该随时充实自己、评估自己、调整自己，为自己定个位？

关于缺憾
## 不完美的完美

> 我确实喜欢破的东西,因为破的东西让我能够发挥。

太太说我最近总买"破东西"。

她这句话一点儿也没错。

年初,我们到迪士尼乐园新开的"动物王国"(Animal Kingdom),在商店里买了一个叫作"跳羚"的木雕。隔两个礼拜,东西运到纽约,打开来,吓一跳:长长的两只角,都断了。

打电话给迪士尼,对方说立刻派车来,把东西取走,而且全额退款。

放下电话,看看那木雕断裂处,对回去,发现接触得很好,便拿做木工用的牛皮胶试着粘上。接着电话响,是迪士尼打来的,说如果我喜欢这木雕,他们还有一模一样的,要不要换一个。

"不要了,"我说,"我就喜欢这块木头雕的,深深的红木色身体,靠尾巴的地方,颜色突然变成黄色,好像一只黄尾巴的跳羚。而且……"沉吟了一下,我说,"算了!我已经把断角粘上去,不用换了!"

*

到附近的"纳苏郡美术馆",商店里陈列着许多来自秘鲁的土偶,一排又一排,每个都在唱歌或吹奏乐器。天真的表情、鲜丽的颜色,把我一下子拉回童年,想到父亲带我去万华打气枪时,架子上摆的"小泥人"。

父亲的枪法准,每次都能打中许多,小泥人从架子上坠落,掉进下面的网子,就成为我的收藏品。

父亲死后,我还很小心地保存那些小泥人,看着它们,想着逝去的欢乐时光。只是十三岁那年的一场火,烧了我的家,也烧光了我的小泥人。

我把墨西哥的土偶一个个从架子上拿下来,给太太看,又给女儿看:"多可爱的小泥人!"再拿着端详,念念有词。大概店员看我一副想买的样子,立刻过来问我要哪个。

我一个个比较,每个都不同,都想要,可是价钱不便宜。突然发现一个吹笛子的土偶,以及六个连在一起仿佛窃窃私语的"泥娃娃",样子很生动,价钱却便宜得多。

"为什么这几个比较便宜?"我问。

"因为破了。"店员把土偶转过来给我看,果然两个泥娃娃是破了又粘好的;吹笛子的那个,破了一块,大概碎得不成样子,所以就留个缺口,没有修补。

比来比去,我挑了破的,因为它们好像"一家人"。

\*

到中国台湾手工业推广中心参观,看见一个"化石瓶"。那是用沉积岩雕磨出来的瓶子,表面浮现着许多亿万年前沉在水底的贝壳。

或许因为贝壳的硬度不同,中间又有空隙,所以在雕磨之后露出许多坑洞。

我挑了一个,交给店员。

她放在柜台上,正要包,突然停住了,举起瓶子问:"你真的要这一只吗?"

"是啊!"我说,"这只最可爱。"

小姐又看看我,笑笑,指着瓶子旁边:"你可看清楚了哟!这下面有两个好大的洞。"

"反正到处都是小洞,我又不能装水,有洞没关系。"

小姐没再说话,一边包,一边扬着眉毛,用眼角瞄我,做出很奇怪的表情,大概觉得我有毛病。

接过包好的化石瓶,我对她笑笑:

"你知道吗?我就是看上了那些洞,看上了它的破。破也是一种美呀!"

*

我确实喜欢破的东西,因为破的东西让我能够发挥。

像是那只木雕的跳羚,我先清理断裂的切口,分别涂上胶水,而且一遍又一遍,使胶水能浸透到每个木纹之中。再将它们接合,用铁丝固定。

二十四小时之后,拿掉铁丝,用湿布擦去溢出的胶水,再调颜色,涂在接口上。除非我说,有谁能看得出经过修补呢?

话说回来,如果在店里已经折断,而且经过修补,我又岂能看得出,我不是也只当它是完美无缺的吗?

至于墨西哥的土偶,我回家将补墙壁的石膏粉灌进去,于是原来空心的土偶成为实心的。我再涂上颜色,不是比原来还要结实吗?

还有那化石瓶，我带回了纽约，找了几支长长的黄金葛，从瓶上的破洞穿进去，再在瓶里放个小塑胶容器，里面加上营养液。而今黄金葛愈长愈长，从瓶子里伸出，又长长地拖到瓶子的四周，青翠与古拙，成为最美的对比，每个见到的人都赞美我的慧心。

*

想起我的一个朋友，单身半辈子，快五十岁，突然结了婚。

新娘跟他的年龄差不多，徐娘半老，风韵犹存。只是知道的朋友都窃窃私语："那女人以前是个演员，嫁了两任丈夫，都离了婚，现在不红了，由他捡了个剩货。"

话不知是不是传到了"他"的耳里。

有一天，他跟我出去，一边开车，一边笑道：

"我这个人，年轻的时候就盼开奔驰车，没钱，买不起。现在呀，还是买不起，但是也买得起，买辆三手车。"

他开的确实是辆老奔驰。我左右看看说："三手，看来很好哇！马力也足。"

"是啊！"他大笑了起来，"旧车有什么不好？就好像我太太，前面嫁个四川人，又嫁个上海人，还在演艺圈二十多年，大大小小的场面见多了。现在老了，收了心，没了以前的娇气、浮华气，却做得一手四川菜、上海菜，又懂得布置家。讲句实在话，她真正最完美的时候，反而都被我遇上了。"

"你说得真有理。"我说，"别人不说，我真看不出来，她竟然是当年的那位艳星。"

"是啊！"他拍着方向盘，"其实想想我自己，我完美吗？我还不是千疮百孔，有过许多往事、许多荒唐，正因为我们都走过了这些，所以两个人都成熟，都知道让、知道忍，这不完美，正是一种完美啊！"

*

不完美，正是一种完美。

每次我修补自己买回的"破东西"，都想：可不是吗？我们都老了，都锈了，都千疮百孔了，总隔一阵就要去看医生，修补我们残破的身躯。我们又何必要求自己拥有的每样东西完美无缺呢？

残破，可以补的时候补；不堪补的时候，只当它不存在。就算那残破太显眼，看久了，看惯了，也就变成生活的一部分。

看得惯残破，是历练、是豁达、是成熟，也是一种人生的境界啊！

关于茫然
# 失重的感觉

> 那应该说是茫然,一下子放松之后的失重感,因为旧的目标已经达成,新的目标尚未设定!

你筹办多时的派对,终于在今天早上结束了!可是一直到下午两点,居然都没见到你的人影,连一向震耳欲聋的音乐也消失了。我上楼探视,发现你躺在床上发愣,一副没精打采、有些落寞的样子。

这情景,使我想起以前演舞台剧,在热烈的掌声中落幕后又回到台前谢幕,再次接受那英雄式崇拜的掌声。全体演员拉着手,以最优雅的姿态鞠躬,并看着幕布终于落下。

接着,便听见台下椅子移动的声音和嘈杂的人声,然后是逐渐稀疏的脚步声,以及剩下的沉寂。

这时幕布又被升起,以便拆除布景和打扫舞台,许多演员在卸妆后再到台上绕一圈,大家相对笑笑,深呼吸几口气,像是说"好不容易，终于演完了"，又像在做深深的叹息！

松口气的时候，明明应该是最欢愉的，为什么反而叹息呢？这是多矛盾的事，但也是千真万确的！

我曾看到一个孩子在紧急刹车声中，躺在车子的前轮下，面色苍白直奔过去的母亲在发现孩子居然幸运地毫发无伤时，突然出手，狠狠打了孩子两记耳光，当旁边的人怪罪："孩子没伤，你该高兴才对啊！"那母亲一言不发，掩面跌坐在地上失声痛哭。

她的哭，不正是在大松一口气之后吗？当她奔向车子时，已经容不得她去想哭这件事，只有松弛之后，才一股脑儿地发泄出来。

上个周末，由纽约北部来上课的学生请我填一份学费的收据，说可以由他们的公司付钱。原因是公司发现退休的员工常活不了多久，于是接受医学专家的建议，鼓励即将退休的人学习几种休闲技艺，或培养一些嗜好。果然施行以来，退休的员工寿命延长了许多。

\*

大紧张与大兴奋之后的轻松，不见得是全然的快意，那轻松往往只停留短暂的时间，接下来反而是疲劳显现或茫然失措。

记得我在你这个年岁时，每次月考结束都会去看场电影，而在电影散场时，竟是我最沮丧的时刻，因为我会突然跌入现实："过两天发成绩单，会不会考得太差？""为准备月考而欠下的功课，还能拖得了几天？"

但这沮丧很快就消失了，因为成绩单终于发下来，功课也终于赶完交上去了，并有了新的功课和考试。真正较长期的沮丧，反而是在联考放榜后的一段日子。

那应该说是茫然，一下子放松之后的失重感，因为旧的目标已经达成，新的目标尚未设定！

\*

曾有人问那些中乐透大奖的人，未来打算怎样安排自己的生活。因为数千万美金使他们三辈子也用不完。但你知道最普遍的答案是什么吗？

他们说："我们先还清房子的债款，买两辆新车，送些钱给我们的父母，去佛罗里达度个假，然后开着新车回去上班！"

是的，他们没有开着新车东游西逛，常常是回到自己的工作岗位。

其中有人说得好："工作，是生活的一部分。白吃，白拿，活着还有什么意思！"

　　另一个人说得更妙："有了足够的钱，仍然努力工作，愈会被人尊敬。因为你不是为吃而工作，而是为工作而工作！"他强调："每一种生物都会为吃而工作，只有'人'属于后者！"

*

　　听了这许多，你应该了解为什么在这轻松的暑假，办完派对，反而有一种说不出的沮丧。这沮丧要怎么治疗？答案很简单：

　　"投入现实，设定新的目标，迎向新的挑战！"

### 关于独立
## 自己去成长，自己去成功

> 为什么每个年轻人都要漂泊，都梦想做异乡人，都觉得孤独是一种酷，这是不是一种天生的冲力？

6月25日，吃完中饭，我照例躺在沙发上看报，一边用余光注意大门，好迎接放学回家的女儿。

但是突然心头一震，今天不用等女儿了，因为前天我已经把她送进离家三百多里的"集中营"。

那不是真的"集中营"，而是有六十年历史的"草山（Meadowmount）音乐夏令营"。每年暑假，有来自世界各地的年轻人在那儿接受魔鬼训练，世界顶尖小提琴大师伊扎克·帕尔曼（Itzak Perlman）、马友友、林昭亮和简明彦都是从那里出来的。

音乐营占地一千多亩，其中排列着由马厩改装成的一栋栋宿舍。屋顶是铁皮的，由于马厩原本不高，硬改成两层，所以伸手就能摸到天花板；加上窗子小得出奇，房间又只容一人转身，可想而知，夏天大太阳一晒，会有多热。

*

更可怕的是营里的规矩——

早上七点宿管就会像"狱卒"般敲门，不到学生开门出来不停止。七点半得走到几百米外的餐厅吃饭；八点半，必须准时回到自己的小房间开始练琴。

宿管整天在走廊里巡查，哪一间没有传出琴声就敲门警告；再不动，则"记点"；只要被记两点，周末就被禁足。

我实在搞不懂，我那娇生惯养、自以为是小公主的女儿，为什么非进去不可。

入营之前，我一次又一次问她，是不是算了？暑假在家多舒服，何必去受苦，整整七个礼拜不能回家，平常不准家人探视，电话不通，连电脑都不准带，想家都没法儿说，多可怜哪！

女儿却想都没想，就一扭头："我要去！"

*

入营的那天，三十五摄氏度，我偷偷溜进她的房间瞄一眼，就热得满身大汗；出来，我又问她是不是回家算了，她还是扭头说：

"不！"离开的时候，女儿正排队交体检表格，直挥手叫我们走。我偷偷看她有没有哭，她居然眼眶都没红，还直说好兴奋。

上了车，慢慢驶离校园，我一直回头，但是那个口口声声说舍不得爸爸妈妈的宝贝女儿，居然背对着我们。

在美国其实有很多这样的"集中营"，有音乐的、体育的，也有文学的、科学的。偏偏"一个愿打，一个愿挨"，就有那么多年轻人，想尽办法进去接受"虐待"。

*

从女儿入营这件事，我常想"女大不中留""儿大不中留"，当年儿子进入哈佛，送他去，我走的时候直掉眼泪，他不是也没"目送"我离开吗？

他们那么无情，是因为离开父母兴奋，还是因为眼前有太多要面对的挑战，印证了"受苦的人没有悲观的权利"这句话？

如同我当年，把家一搁，只身来了美国；在机场，连学生都哭，我却没掉眼泪，因为前面的苦难是我要独自承担的。他们还留在家里，过平静的生活，我却成了漂泊者。

但是为什么每个年轻人都要漂泊，都梦想做异乡人，都觉得孤独是一种酷，这是不是一种天生的冲力？

是这冲力，使人类的祖先最早能由非洲走出来，走到全世界，甚至登上月球，相信有一天会到达火星。

也是这冲力，使一个个王子和公主走出父王的城堡，不理会父母的呼喊，硬是跳上马，绝尘而去。

*

我常想：

父母要留，孩子要走；父母要为他们做主，他们偏偏不听。这表示他们有年轻人的想法，还是该称为反叛？

一张乖乖牌，父母说什么是什么，好好走大人铺好的路，继承家里的事业，做个"孝"而且"顺"的孩子，是不是就好？

我也常想：

如果我是比尔·盖茨的爸爸，知道儿子居然大二要从哈佛辍学，我会不会支持他？如果我是李安的父亲，知道儿子居然要去搞电影，我又会不会阻止？如果我阻止了，还会不会有今天的微软总裁比尔·盖茨和大导演李安？

是不是因为孩子年轻，我们就应该让他走出去，找他所想找的，让他自己去发现；而不是没等他找就把盖子打开，说：

"来！这就是你要找的东西。"

＊

儿子小时候，我曾经有一段时间扮演强权角色，什么都帮他安排好。

但是经历了这么多年，看了美国的"自由经济"与"民主精神"，我发觉每个人都有他的特质、他的优点，以及走出去自己闯天下、自己去受苦的本能。

最好的教育是让他们这些长处获得充分的发挥。

我知道很多中国家长都逼孩子，我没有唱反调，教孩子不努力，而是教他们"成功要自己去成功，如同成长要自己去成长"。让他们自己逼自己，而非做个没有电瓶的车子，只等父母师长在后面推。

这两天，每次走过女儿的房间，看到她的公主床，我都想掉眼泪。但我知道自己两尺半的胳膊，已经留不住她人生千万里的行程。

我甚至想，如果每个学校都能像草山那样的"集中营"，没有铁丝网，不逼孩子们进去，孩子们却都想尽办法考进去，甘心乐意地接受严格的训练，那该多好！

### 关于初心
# 打一把人生的钥匙

"我砍树都来不及了,哪还有时间磨斧头?"

小时候,每次我从外面回来,母亲都叫我去洗手。她知道我懒得洗,所以每次洗完,还要把我的手抓过去闻闻。

顽皮的我于是想出个办法,打开水龙头,让母亲听到水声,然后根本不洗,就把水龙头关上,只是用手摸摸肥皂,伸去给妈妈闻。

她用力吸口气,嗅到肥皂的味道,点点头,我就又蹦又跳地跑开。我好得意啊!心想:"看!我多聪明,妈妈又被我骗了!"

看到这儿,你会不会觉得很好笑?洗手,是为我好,不是为妈妈洗,我明明骗了自己,却觉得很得意,不是太笨了吗?

不过,你也别笑我,因为我处处看见年轻的朋友在做这样的傻事。

＊

有一天，收到一名中学生的来信，还没打开，已经被那封信的厚度吓到。打开之后，又是一惊，只见工工整整十几张信纸上，排列着密密麻麻却又工整无比的小字。

那字像是印刷的仿宋体，娟秀而一笔不苟。当我展读之后，更是讶异了！真难相信一名高中生能写出那么深入的文章。我立刻邀请那位女同学到办公室聊天，还请她和陪她来的同学共进午餐。

在餐桌上，我问她："相信你在学校的作文成绩一定很好。"

未料，她淡淡一笑："很烂！"

"你的文笔这么好，字这么漂亮，怎么可能？"我几乎不敢相信自己的耳朵。

"因为我从来不好好写。"她又淡淡一笑，"我的老师很烂，我为什么要辛辛苦苦写给她看？"

然后，她形容了老师的"烂"，又很羡慕地说某名校的"国文"老师有多好。问题是，她可曾想过，文章是她自己的，学问是她自己做的，不是给她老师做的。

这位同学的表现使我想：这世界上会不会有许多有才华的年轻朋友，只因为不满意学校、不满意老师，而放弃自己，埋没了才华？

常听见不好好念书的学生很坦然地说:"读书?谁不会读?哪里不能读?又何必在学校读?以后哪一天我想念书,都可以!"

话是没错,但我也要说,学校教育有它的优点,那也是其他环境不能取代的。

记得我大学毕业那年,曾应邀到某大学的"国文"系演讲。当时我已经得了"优秀青年诗人奖",也在不少报章上发表作品,小有名气。

但是在接受学生提问的时候,我却出了丑,一个连"国文"系新生都知道的东西,我居然说错了。

事后,我痛定思痛,开始苦读古诗,甚至编《唐诗句典》,但我始终忘不了出糗的那一幕,我常想:我为什么连这个基本知识点都不知道?是因为有关中国文学的书看得太少?还是因为看得太散乱?

答案应该是后者。你会发现学校教育虽然有不少僵化而值得批评的地方,但无可否认的是,它也像是营养专家,将各种食物拼成食谱。虽然口味变化不大,也不够刺激,却有你必需的营养。当你按部就班地读下来,自然得到了完整的学问。而不会像你自修时,可能随兴所至,东抓一本,西抓一本,看来渊博,却忽略了最基础的东西。

*

这基础当中，最重要的就是"治学的工具"。

"治学的工具"像是一把钥匙，可以用来开启更多知识的宝库。你会发现求学像登高，不由山脚一步步往上走，是攀不上巅峰的。而很多你在学校里学到的"看来不像学问的学问"，正是那山脚的阶梯。

我曾在电视里看到有关台湾图书馆修补古书的报道。一位八十岁的老先生，数十年不分寒暑，为图书馆里的破书换上新装。他把虫蛀的、水渍的、朽烂的书页小心地拼凑、裱褙，为保存珍贵的善本书做出了巨大的贡献。

但令人惊讶的是，那位老人居然不识字。

我忍不住想，要是遇到脱散的书籍，再加上页码已经朽烂，那位老先生该怎么分辨前后次序？又如果他能识字，在这数十年修补的过程中，他该能亲炙多少伟大的篇章？

他为什么没能"回头"，花几年时间识字？难道要像一个用"很钝的斧头"砍树的人，说："我砍树都来不及了，哪还有时间磨斧头？"

抑或因为一年年老去，记忆力一天天衰退，想学，也力不从心了？

＊

　　说到这儿，我们又触及另一个重点——

　　你必须把握青春，善用你记忆力最强的年岁，好好学点儿东西、背点儿东西。

　　让我们做个实验吧！去问问四五十岁的人，他们记不记得小学时读的《武训兴学》和中学时念的《木兰辞》。你会发现，他们可能连昨天看过的新闻都忘了，却记得"莫叹苦、莫愁贫，有志竟成语非假，铁杵磨成绣花针""唧唧复唧唧，木兰当户织，不闻机杼声，唯闻女叹息"……

　　即使他们背不了全部，总会想得起几句。想想！那是多久以前的事了，他们为什么还记得？

　　因为，那是在他们记忆力最强、心灵也最纯净的年岁，被一笔笔刻在心版上的。

　　于是，你摸摸自己的心，你自己不正在这个人生的黄金时代？你能不好好把握吗？

＊

　　话说回来，读书又何必为考试、为成绩？那是为自己读，不是为数字读。记得我以前在美国教书的时候,学生的表现都不错。我就试着教点儿深的东西,并提出很难的问题考他们。

有一次,一个学生答对了。我高兴极了,说:"Extra credit!"(加分奖励!)

从此,每次问问题,学生们总先问:"有没有加分?"

渐渐地,我发现他们对"加分"的兴趣超过了"作答"。没有"加分"的题目,他们甚至懒得答。我发现自己错了,以为加分的奖励能促进学习,却给了学生错误的导向,使他们把"学习的快乐",转为"加分的快乐"。

当学习只为分数,便失去了学习的意义与乐趣。失去乐趣的学习,则是最痛苦的工作。

\*

学习应该是多么快乐的事啊!几千年前,老祖宗写在竹简上的字,我居然看懂了,知道那驻防边塞的士兵有着怎样的思乡情怀。

浩瀚的英文典籍,只因为学了英文,就一下子对我来说有了生命。虽然还不能全懂,但我会翻字典,我也会猜,愈猜愈懂,愈懂愈会猜了。

到寒山寺,令我想到张继的《枫桥夜泊》;去灵隐寺,让我想起《济公传》里的癫僧；登岳阳楼，使我想起范仲淹；上黄鹤楼，让我想起崔颢。

到角板山，使我想到地理课本里说的"河阶地形"；到横贯公路，令我想起河川准点下移造成的"回春作用"；连站到挪威的山头，都让我眼睛一亮："那不是'冰斗'？那不是'羊背石'吗？"

我永远不会忘记，当初中二年级时，物理老师说"热的地方气压低，冷的地方气压高，高气压往低气压移动"时，我大叫："对！对！"因为当我家失火时，我就感觉到了"那阵风"。

*

学问真是可爱啊！它像是印章，盖在你人生的支票上，到时候，就可以提领。人生的支票愈多，愈能左右逢源，愈能在紧要关头获得灵光一闪。即使在人生的困境，都能因为你被学问充实心灵而得到舒缓。甚至让你转化，把那痛苦化作篇章、变成力量。

年轻人！把握你人生最美好的时段，为自己做点儿学问吧！不为父母、不为老师、不为成绩，甚至不为高考。

只因为，你要为自己纯净的心版上，多记录些美好的事物和前人的智慧。

只因为，你要打造一把钥匙，去开启人生的每一道门！

关于气场
## 经过淬炼的宝剑

"你连失恋都没经历过,怎么可能弹得好琴?"

我儿子刘轩是纽约朱丽叶音乐学院先修班毕业的。记得他十五岁,刚跟着已故钢琴大师艾斯纳学琴的时候,艾斯纳问他有没有谈过恋爱,刘轩答:"好像有。"

艾斯纳又问:"有没有失恋过?"

刘轩摇头。

艾斯纳就笑了,说:"你连失恋都没经历过,怎么可能弹得好琴?"

他这话一点儿都没错。因为十五年后,刘轩有一次重弹以前学过的曲子,虽然许久没练,我却听得出那琴音中的情感丰富多了。

丰富的是岁月、是沧桑,是爱的激情与感伤。那是装不出来的,必须有阅历,经过时光的淘洗,才能产生。

＊

　　我说这些，是要讲：除了少数人天生就"体气"特别强，多半的"气"来自后天的遭遇与培养。

　　首先谈"遭遇"。

　　你可以想想：当你上个月热恋，下个月却心碎时，你前后写出的文章、说出的话、演奏出的乐曲，感觉会一样吗？

　　当然不同！

　　同样的道理，一个人经历丧亲之痛，会不一样，在鬼门关前走一遭回来，也会不同。

　　你再想想，一个衔金汤匙出生的和一个从贫民窟奋斗出头的，一个在太平盛世长大的和一个经历战火洗礼的，是不是也会表现出不一样的"气"？

　　愈经过困顿、压抑、伤痛、艰险的人，愈在心底积存一种特殊的"气"。那可能是仇恨，也可能是"不信自己不能出头"的愤懑。

　　这种仇恨与愤懑，往往能造就伟大的"气度"，在他演出或演讲时爆发出来，产生震慑力。

正因如此，你会发现许多世家子，可能有最好的学历和外形，但是当他们演讲时，喊口号就算不过几个字，那股"气"也硬是上不去。不是他们身体不强、肺活量不足，但是口号喊出来，却还没有"高点"，已经开始"往下降"。

没错！他们很斯文，很有学养，也很冷静。在太平时代，他们可以做明主，把国家治理得很好，在外宾前面也十分体面。但是他们不能搞革命，而是因为缺了革命家的"拼气"。

*

相反，那些吃过苦、挨过饿、上过街头拼斗、绝过食、翻过墙、坐过牢的，当他们上了台，那积压在体内的"气"就一股脑儿迸发出来，使他们很容易成为煽动者、领导者、革命家。

缺点是，能在马背上得天下的人，往往不能坐到办公桌后面治天下，除非他们知道再自修、再反省。

*

说到自修和自省，就要谈"培养"了。

相信你一定在《三民主义》里读过"思想、信仰、力量"。

当你遇到困扰、想不通,不得不潜心钻研、虚心求教,经过很长时间,终于搞懂之后,如果有人问你那方面的问题,你会表现如何?

当然是自信。就算你只讲几句话,给人的感觉也一定不同。

假使这时候你碰到个假学者,搬出一套歪理来,你又会表现得如何?

你当然会毫不客气,一针见血地把那假学者的面具扯下来。

这力量就来自思想的"气"。

所以许多怯场的人,除了经验不足,往往因为没下苦功。如果你每次上台演讲或做报告都表现失常,除了怪自己怯场,更得好好检讨一下,你是不是也心虚。

于是你可以从准备工作下手。当你狠狠下过一番苦功,自认融会贯通,谁都问不倒你的时候,那恐惧就可能消失。**因为努力使你产生信仰,相信自己的道理。又因为那信仰,使你有信心、有勇气,甚至有气度。**

如果你出身富贵家庭,"坐电梯"一路上来,十分平顺,当你要与天生革命家竞争的时候,你除了思想、信仰、力量,还得走入群众、深入基层,甚至跟自己过不去,"明知山有虎,偏向虎山行"，使自己的"细皮嫩肉"经过烈日与石砾的磨炼。

*

你还可以自我催眠，不断告诉自己，你是最棒的，你一定能出头，在上台之前，把台下的场面在脑海里默想一遍又一遍，想象那如雷的掌声，想象你鞠躬行礼，想象你侃侃而谈。

即使你是一位新手，出场之前也要告诉自己："今天这是我的场子，任何人都没资格批评，我说了算！"

当你把这些"气"一点儿一点儿积蓄起来，又经过一番勤苦的演练，达到"艺高人胆大"的时候，你不必开口，就已经有了浑厚的气势。

记住！如我前面提到的，你的才艺是一回事，你的"气"又是一回事。只有才艺、胆识加上气度，才能具有魅力，也才能创造超级的领导者、表演者和演讲家。

**关于压力**

# 看吧！我终于办到了

若不是种过郁金香的人，谁会想到，它们是从二十厘米深的地方钻出来？

常听人说："压力太大，实在受不了。"或者讲："我这个人，就是受不得压力。"

岂不知，我们每个人还没出生就已经受到压力，而这压力一直到死，都无法脱离。

如果我们装满一杯水，在杯口盖上一张纸，再把杯子倒过来。会发现，那张纸和杯里的水能不倾泻下来。

这是因为大气的压力。

如果把一个空心的铁球切成两半，再合起来，并抽掉其中的空气。会发现，那铁球的两半紧紧吸在一起，即使用十六匹马都可能拉不开。

这有名的"马德堡半球实验"，证明了大气压力的存在。谁能想到，我们赖以生存的空气，由地面向上延伸六十到三百公里，也把它的重量狠狠地加在我们身上。

可是，我们不是活动得很轻松吗？

那是因为我们的体内，相对地产生压力。两个压力抵消，就毫无感觉了。

*

记得一个政治犯回忆在监狱的时候，常自己泡豆芽。一大把豆子，泡在杯里，居然发现，愈被压在下面的豆子长得愈肥。

我自己也有经验——

每年秋天，我会在地上挖一个个深达二十厘米的坑，把郁金香的花球放到坑底，再盖上厚厚的泥土。

每次一边盖上，我一边想："这些娇嫩的郁金香，为什么非种这么深呢？它们又怎么有能力向上冲破这么厚重的泥土？"

只是，一年又一年，它们都及时探出叶片、抽出蓓蕾，绽放出美丽的花朵。

若不是种过郁金香的人，谁会想到，它们是从二十厘米深的地方钻出来？大家只见灿烂的花，有谁会想到它艰苦的过去？

*

　　当然，我也偶尔发现有些因为力量不足，没能钻出泥土而死亡的。看到它们终于萎缩的球根，我有着许多感慨：

　　它们不就像人吗？有些人很有才气、很有能力，甚至有很健康的身体，却因为受不了压力，而在人生的战场退缩。

　　他很可能是参加竞选的政治家，实在受不了精神压力而中途退选。

　　他很可能是花十几年时间，准备参加世界运动大赛的国手，却因为承担不了太多人的瞩望，唯恐失败之后，难以面对同胞而临场失常，败下阵来。

　　他还可能是每天把联考挂在心上的好学生。当那些功课不如他的人都准备上场一搏的时候，他却宣布："我痛恨考试，为了向这考试表示抗议，我要做拒绝联考的先锋。"

　　他确实可能是特立独行的人物，敢于向他认为不合理的制度挑战。但是，我们是不是也可以这么想：

　　他是因为太怕失败，受不了压力，而选择了不应战。

*

　　你看过城隍爷出巡的仪式吗？那真是精彩极了！掌管地府的城

隍爷在前面威风凛凛地前进,后面跟着一批青面獠牙的小鬼和背枷戴铐"被打下十八层地狱的恶人"。

在过去的许多地方,那游行队伍中,被边走边打的恶人会愈来愈多。因为一路走,一路有人化装成罪人加入。

据说这样可以作为一种忏悔的方法,也可以消减一些罪恶。但是据心理学家研究,他们实在是怕自己死了之后下地狱,所以先主动"下地狱"。就好比原始人类怕狮子老虎,反而把狮子老虎画成壁画。

也可以说,面对恐惧时,他们不但没有采取积极的态度,反而俯首,任人宰割。

同样的道理,许多人有恐高症,站在高处往下看,就心惊肉跳。你问他恐惧什么,他会说"害怕"。你再问:"你不是站在很稳的地方吗,有什么好怕的?"

他可能说:"我觉得自己随时会掉下去。"

\*

不敢面对压力,或实在无法忍受压力的时候,就采取消极的逃避,甚至向那压力去靠拢、屈服。这是多么可悲的人性啊!

连小孩子都会用装病或弄伤自己来博取大人的同情。

连成人都会因为不敢面对工作压力而装病不去上班。

他们怎知道，如同我们面对大气压力，最好的方法，是由体内产生相对的压力，使它两相抵消，让我们突然间觉得轻松无比。

*

最近读到有关两个人的报道，都谈到压力。

一位是在 1985 年，以十七岁的年纪，勇夺温布尔登网球大赛冠军的德国网球好手——贝克尔。

他居然说："如果时光倒流，我真希望当年输掉那场温布尔登赛。"

因为自从他拿了冠军，大家对他的要求愈来愈高。只要一场失利，就嘘声四起。贝克尔感慨万千地说：

"大家好像只记得我是温布尔登的冠军，却忘了我还是个青少年。"

另外一位，是伟大的音乐家伯恩斯坦，他曾对一群年轻的音乐家说：

"你们要想成为伟大的演奏家，不仅在于你多么勤苦地练习，更要看你走上台，面对观众的强大压力时，是不是能一下子把所有的恐惧与犹豫全摔到一边。由内心产生一种特殊的力量，一种不信你办不到的力量。那力量，使你成为大师！"

我更永远记得，代表美国参加世界溜冰大赛的克丽丝蒂·山口小姐，当她做完一连串最难的动作后，没等表演结束就握紧拳头，向空中狠狠一挥。

后来记者问她，那一挥是什么意思。

山口一笑，说：

"是'看吧！我终于办到了'（Gosh！ I made it）。"

图书在版编目（CIP）数据

唯奋斗者得功名/（美）刘墉著.
—— 北京：北京联合出版公司，2016.2
ISBN 978-7-5502-7213-2

Ⅰ.①唯… Ⅱ.①刘… Ⅲ.①人生哲学－通俗读物
Ⅳ.①B821-49
中国版本图书馆CIP数据核字(2016)第038839号
北京市版权局著作权合同登记图字：01-2016-1354

本书经刘墉授权北京紫图图书有限公司在中国大陆地区独家出版发行。

## 唯奋斗者得功名

项目策划　紫图图书ZITO
监　　制　黄利　万夏
丛书主编　郎世溟

作　　者　刘墉
内文图片　岑悦　周川子　Cocu刘辰
责任编辑　杨青　徐秀琴
特约编辑　李嫒嫒　申雷雷
装帧设计　紫图图书ZITO

---

北京联合出版公司出版
（北京市西城区德外大街83号楼9层　100088）
北京中科印刷有限公司印刷　新华书店经销
80千字　880毫米×1280毫米　1/32　9印张
2016年2月第1版　2016年8月第2次印刷
ISBN 978-7-5502-7213-2
定价：39.90元

未经许可，不得以任何方式复制或抄袭本书部分或全部内容
版权所有，侵权必究
本书若有质量问题，请与本公司图书销售中心联系调换
纠错热线：010-64360026-103